少爺

坊ちゃん

文豪書齋
101

夏目漱石

吳季倫——譯

文豪書齋 101

少爺——
夏目漱石半自傳小說，日本國民必讀經典

作　　者　夏目漱石
譯　　者　吳季倫

野人文化股份有限公司

社　　長　張瑩瑩
總 編 輯　蔡麗真
主　　編　鄭淑慧
責任編輯　徐子涵
行銷企劃　林麗紅
封面設計　楊啟巽工作室
版面構成　綠貝殼資訊有限公司

出　　版　野人文化股份有限公司
發　　行　遠足文化事業股份有限公司 (讀書共和國出版集團)
地址：231新北市新店區民權路108-2號9樓
電話：（02）2218-1417　傳真：（02）8667-1065
電子信箱：service@bookrep.com.tw
郵撥帳號：19504465 遠足文化事業股份有限公司
客服專線：0800-221-029
法律顧問　華洋法律事務所 蘇文生律師
印　　製　成陽印刷股份有限公司
初版首刷　2015年5月
初版19刷　2023年9月

歡迎團體訂購，另有優惠，請洽業務部（02）22181417分機1124

國家圖書館出版品預行編目(CIP)資料

少爺——夏目漱石半自傳小說，日本國民必讀經典 / 夏目漱石著 ; 吳季倫譯. -- 初版. --新北市 : 野人文化出版 : 遠足文化發行, 2015.05

面；　公分. --（文豪書齋 ; 101）

ISBN 978-986-384-062-6（平裝）

861.57　104006552

《少爺》特輯

歷久不衰的跨世紀經典

多樣化的作品改編

《少爺》文學獎

《少爺》文學之旅

搭乘少爺列車

入住道後溫泉

感受小說場景

少爺熱愛的庶民美食

尋找「少爺小島」

《少爺》與台灣的羈絆

歷久不衰的跨世紀經典

這部普遍認為是日本國民作家夏目漱石半自傳小說的著作，於一九〇六年在《杜鵑》雜誌上發表後，因其篇幅輕巧，語言詼諧簡練，故事簡單，角色貼近一般百姓與生活，並取材自夏目漱石個人的親身經歷，這些平易近人的設定，百年後依舊貼近現代社會，讀者可輕易將生活中、職場上遇見的人物投射在書中的角色上，產生共鳴感，於是成為最多日本人讀過的小說，更被稱為日本國民的「痲疹書」，代表一生一定會讀過一次的著作。往後也多次被搬上舞台，改編為電影與電視劇，甚至以「少爺」之名設立了松山市的文學獎。

一九五〇年新潮文庫正式將《少爺》納入旗下出版後，歷經六十五個年頭，一直是叫好又叫座的經典作品，根據二〇一四年七月朝日新聞統計，此版本已再刷一百五十次，總銷售冊數超過四百二十萬本，確實無愧於其「日本國民必讀經典」的稱號。

多樣化的作品改編

《少爺》一書自一九〇六年出版至今，由於其詼諧但又富有寓意的故事與經典的地位，多次改編為其他媒體，至少已有改編電影五部、電視劇十一部、動畫兩部、舞台劇四部，與三部漫畫，每次以不同形式面世時，這個感動人心的故事，又會再次給人留下深刻的印象。這樣璀璨的歷程，足以說明其文學地位。

一九五八年《少爺》改編電影
導演：番匠義彰
腳本：椎名利夫／山内久
演員：南原伸二、有馬稲子、英百合子、伊藤雄之助、
トニー谷、三井弘次、大泉滉、伴淳三郎

一九七七年版的《少爺》改編電影，由以喜劇見長的導演前田陽一，搭配當時演歌雙棲，氣勢如日中天的當紅小生中村雅俊，除了將原作的精神完整呈現，並添加了獨特的青春氣息，也是這部名著第五次改編為電影。

一九七七年《少爺》改編電影
導演：前田陽一
腳本：前田陽一、南部英夫
演員：中村雅俊、松坂慶子、荒木道子、地井武男、米倉齊加年、湯原昌幸、岡本信人、大瀧秀治

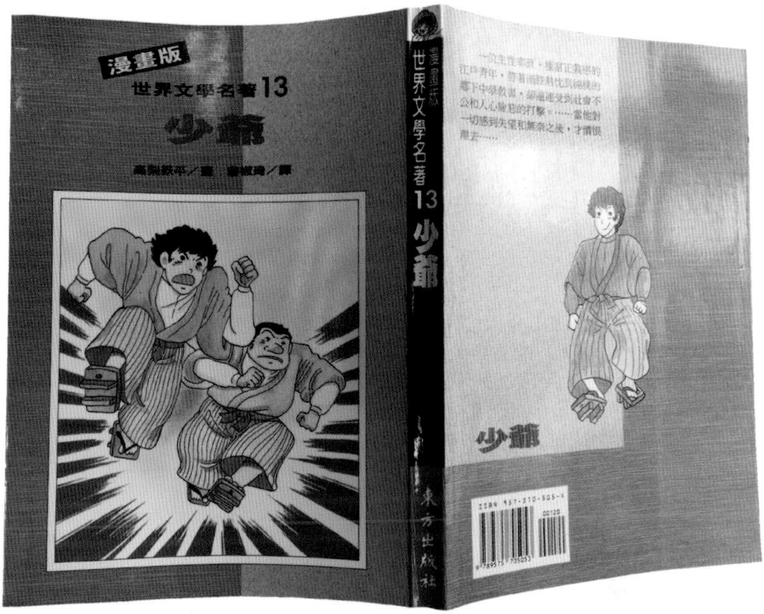

一九九四年版《少爺》漫畫，由漫畫家高梨鐵平繪製

除電影外，《少爺》也多次由名漫畫家改編為漫畫，例如耆老級漫畫家水島新司就曾於昭和三十九年（一九六四年）繪製漫畫版《少爺》，收錄於「少年少女日本文學名作漫畫選」第一卷，並在作畫前親自前往松山市取材；於二〇〇七年創刊的世界第一本免費漫畫周刊「COMIC GUMBO」，也在創刊號便推出了由知名漫畫家江川達也執筆的《少爺》，其地位可見一斑。

《少爺》文學獎

少爺文學獎，是松山改制為市的一百周年慶（一九八九年，平成元年）時，以故事軸心為松山市的小說《少爺》命名設立的獎項。

此文學獎以鼓勵創造新穎的青春文學為目的，兩年為一屆，首獎獎金為二百萬日圓，每一屆選出首獎一名與佳作兩名，得獎作品皆會刊載於《Ku:nel》雜誌別刊中。

第十屆宣傳海報，當屆主文案為：
「在歷史上留下名（作）」。
（松山市提供）

第十二屆宣傳海報，當屆主文案為：

青春，
用嘴巴說出來是任性，
用筆寫下來就是文學。

不滿，
用嘴巴說出來是抱怨，
用筆寫下來就是文學。

那樣的每一天，
用腦袋思考的話是平凡，
用筆寫下來就是文學。

那樣的人生，
用嘴巴說出來是說教，
用筆寫下來就是文學。

（松山市提供）

第十三屆宣傳海報，當屆主文案為：

「光是解決問題，並無法成為大人。」

（松山市提供）

（松山市提供）

第十四屆宣傳海報，當屆主文案為：

「漱石如果活在現代，也會成爲作家嗎？」

《少爺》文學之旅

夏目漱石在一八九五年，二十八歲時至四國愛媛縣尋常中學（現松山東高）擔任英文教師，據推測，這段經歷便是《少爺》的靈感來源。

搭乘少爺列車

「我很快就找到車站，順利買好了車票。上車一看，狹小的車廂簡直和火柴盒差不多。左搖右晃了五分鐘左右，又得下車了，怪不得車票那麼便宜，只花了我三分錢。」

夏目漱石在《少爺》故事中提到「簡直跟火柴盒差不多」的少爺列車，是日

少爺列車於一八八九年十月正式通車，車輛為德國慕尼黑製，往來松山與三津之間。曾於一九五四年停駛，二〇〇一年為了振興觀光再次運行。（Rsa@wiki）

本輕便鐵道時代的蒸氣火車，曾於一八八八年至一九五四年之間在松山市運行。由於小說中多次提及故事中的人物利用這輛蒸氣火車行動，於是大家便稱它為「少爺列車」。之後又再度運行，這次使用柴油引擎，但行駛時保留了蒸氣的氣流音，煙囪也使用水蒸氣的假發煙裝置，為松山市增添了不少復古的懷舊感。

入住道後溫泉

在少爺眼裡，「這裡樣樣比不上東京，唯獨溫泉值得稱揚。」因此每天一定要拿著褪色的紅毛巾泡溫泉，若周邊無人，還會在超大的溫泉池裡游泳，並一度被學生冠上「紅毛巾」的綽號。有碎嘴的鄉民評論「不過領四十圓的月薪，竟每天都上高級浴池，太闊綽了」，最後還被溫泉業者貼告示表明「浴池內禁止游泳」，令少爺十分鬱悶。故事中的少爺應該就是在道後溫泉本館泡溫泉，裡頭目前還留有一間「少爺的房間」。此外，吉卜力工作室製作的動畫電影《神隱少女》中主角千尋工作的「油屋」，據說也是取材自道後溫泉本館。

道後溫泉本館全景（Jyo81@wiki）

本館中保留了少爺的房間（膀胱眼球胎 @wiki）

感受小說場景

溫泉街以道後溫泉屋為中心，白天是《少爺》的場景，晚上則變為《神隱少女》中的油屋。在進入溫泉街的入口旁可看到少爺機關鐘，進入溫泉街的街道可看見《少爺》裡的人物塑像供觀光客拍照。後山頂上則有守護著道後溫泉的湯神社。

道後溫泉街商店街入口（Mti@wiki）

傳聞創立於景行天皇（西元七十一年）年間的湯神社

因《少爺》而聞名的道後溫泉街，隨處可見小說中的角色塑像供遊客拍照留念。

(Maarten Heerlien@flickr)

青南瓜的未婚妻瑪利亞

當地出了名的美人，被學校的老師們起名為「瑪利亞」。她在青南瓜家道中落後，不顧婚約，與教務主任暗通款曲。

校長貉子

膽小怕事，只會打官腔，其實大權旁落，本人無法有什麼實際作為。

教務主任紅襯衫

待人看似和善，實際上卻相當陰險，其陰柔狡詐的個性相當為主角所不齒。

美術教師陪酒郎

愛拍馬屁、裝腔作勢，尤其喜歡巴結教務主任。

英文教師青南瓜

因為長得蒼白肥胖，被主角戲稱為「青南瓜」。是個溫吞的老好人，凡事以和為貴，遇事只會退讓，即使被欺負到底都不曾有反抗的念頭。

主角少爺

數學組長豪豬

是學校裡唯一跟主角談得來的人，性情豪放正直。因為長相兇惡，舉止粗魯，被主角取了「豪豬」的綽號。

少爺機關鐘位於道後溫泉附近的放生園內，是一九九四年時為了紀念道後溫泉本館一百周年而設立，從上午八點至下午十點，小說《少爺》之中的人物在整點時都會現身亮相。

少爺之中的人物會定時亮相與遊客打招呼
（Maarten Heerlien@flickr）

少爺機關鐘已成為道後溫泉街不可缺少的景色（Jyo81@wiki）

少爺熱愛的庶民美食——

少爺熱愛炸蝦麵和糯米丸子，無孔不入的學生，總愛探聽他當天吃了什麼、幾碗、付了多少錢等等，隔天再寫到黑板上取笑他，把他氣得與學生鬥嘴甚至鬧到停課的地步。他曾經一口氣吃了四碗炸蝦麵，被學生取笑因而大發雷霆，結果黑板被寫上「炸蝦麵總計四碗也，然不許發笑」。

天婦羅（炸蝦）蕎麥麵是江戶時代著名的庶民美食，首次出現於《慈性日記》（一六一四年）中一位和尚的日記。（Pelican@flickr）

道後溫泉到處都在賣這種名為「少爺丸子」的糯米丸串。（Jyo81@wiki）

尋找「少爺小島」

朝前方望去，一座綠色的島嶼浮在海面上，據說是個無人島，定睛一瞧，島上盡是岩石和松樹。紅襯衫頻頻眺望遠方，讚賞風光優美，陪酒郎也說是絕妙景致。且不說眼前這片風景稱不稱得上絕妙，的確讓人心曠神怡。在一望無際的海面上，享受著海風的吹拂，格外神清氣爽，我忽然餓了起來。紅襯衫對陪酒郎說：「看看那棵松樹，樹幹直挺，枝梢開展如傘，就像透納畫作中的景物哪。」

這時，陪酒郎又多嘴奉承：「教務主任，依咱看，把那座小島命名爲透納島吧！」紅襯衫當即贊成，還說眞是妙極了，我們往後就這樣叫吧。

四十島位於松山市高濱港南方約七百公尺，是座無人島，據稱即是《少爺》小說中的「透納島」，二〇〇六年正式列入日本文化遺產特別名勝，至今已成為喜愛《少爺》的讀者必定要探訪的地景之一。

已列入國家日本文化遺產特別名勝的「透納島」（Jyo81@wiki）

《少爺》與台灣的羈絆

台北市的松山區，與日本愛媛縣松山市，因名稱相同而時常進行文化交流，慈祐宮身為松山區最主要的信仰中心，更是與松山市往來頻繁。

二〇一一年日本三一一大地震時，慈祐宮捐贈新台幣一千一百萬元，並請日本松山市轉交災區，後來日本松山市為了感謝慈祐宮，特以其著名的「道後溫泉少爺鐘」為雛型，在慈祐宮前廣場打造「松山・道後溫泉祈福機械鐘」，除保留少爺人物外，另加入了台灣的媽祖、千里眼與順風耳，一旁並設置了《少爺》故事中的人物立牌供遊客拍照留念。

松山慈祐宮前祈福機械鐘與少爺人物立牌（玄史生 @wiki）

象徵台日友好的祈福機械鐘
（Bunkichi Chang@flickr）

祈福機械鐘近景
(Bunkichi Chang@flickr)

目錄

《少爺》坊ちゃん

夏目漱石年表

少爺

坊ちゃん

從小，我這來自父母的魯莽性子，
真害自己吃足了苦頭。

親譲りの無鉄砲で小供の時から
損ばかりしている。

第一章

從小，我這來自父母的魯莽性子，真害自己吃足了苦頭。記得上小學的時候，有一回，我從二樓的教室往下一跳，摔傷了腰，疼了快一個星期。或許有人要問：「為何要做這種傻事？」說來也沒什麼大不了的理由，只不過是從剛落成的二層樓校舍朝下探看時，班上有個同學促狹地大聲嚷嚷，故意激我是個膽小鬼，說是諒我膽子再大，也絕不敢從這裡跳下去。後來，校工把我背回家，父親當即橫眉豎目地罵道：「哪有人從區區二樓跳下來就摔傷腰的？」我回嘴說：「那下次跳一趟漂亮落地的給您看看！」

又有一回，我向朋友們炫耀一把親戚送的西洋小刀，刀刃在陽光下閃耀著亮晃晃的光澤。其中一個朋友說這小刀雖亮，看起來卻不怎麼鋒利。我拍胸脯說沒那回事，儘管拿任何東西來切給你瞧。那朋友說，那就拿你的手指頭來試吧。我當場回他們說，這把小刀用來切根指頭簡直不費吹灰之力，話還沒說完，刀子已朝右手拇指的指甲斜著劃進去了。幸虧是把小刀，加上拇指的骨頭又硬，因此這根指頭到今天還連在我手上，只是留下來的這道傷疤，怕是跟定我一輩子了。

家裡的院子往東走二十步，有一塊面南的小菜圃，地勢較高，中央栽有一棵栗樹，我把這樹上的栗子看得比自己這條命還要緊。每逢栗子成熟的時節，我一起床就溜出後門，撿拾落在地上的栗子帶去學校吃。緊挨著這塊菜圃西邊的是一家當鋪的院子。這家當鋪的店號是山城屋，有個約莫十三、四歲兒子叫勘太郎，膽小如鼠，卻敢翻過方眼籬笆來這邊偷栗子。有天傍晚，我躲在摺疊門的後面，終於把勘太郎給逮個正著。勘太郎一時無路可逃，竟沒命似地往我飛撲過來。他大我兩歲，膽量雖小，力氣倒是挺大。他那顆大扁頭朝我心窩扎過來，又撞又頂的，不巧滑了一下，那顆腦袋瓜就這麼一骨碌地鑽進我夾衫的袖筒裡了。我這隻手一下子被絆住，沒法使喚，急得胡亂揮臂，勘太郎的腦袋瓜就這麼在袖筒裡左甩右盪的。到最後，他終究捱不住了，在袖筒裡狠狠咬了我的胳膊，疼得我把勘太郎推到籬笆上，伸腳一勾，撂倒了他，使他往前方摔了出去。山城屋的地面比菜園這邊矮了六尺，於是勘太郎一個倒栽蔥，「啊唷」一聲跌進自家的院子裡，還把籬笆壓垮了大半。勘太郎跌下去時順勢扯掉了這只袖子，這下我的胳膊總算恢復自如了。當晚，母親到山城屋賠不是，也把我夾衫的那只袖子一併取了回來。

不單如此，其他的惡作劇我也做過不少。有一回，我領著當木匠的兼公和開飯館的阿角一起踩壞了茂作的胡蘿蔔田。田圃裡的胡蘿蔔秧還沒長齊，上面鋪著一層稻草，我們三個在那裡玩了大半天的摔角遊戲，把整片胡蘿蔔秧全都壓壞了；另一次是我把古川家田裡的那口井給填了，氣得人家找上門來興師問罪。那口水井是砍下粗大的孟宗竹，挖通竹節，深埋進地底引水給附近的稻田灌溉用的裝置。可當時我不曉得那是做什麼用途，就把石子、木片等雜物統統塞了進去，直到竹筒不冒水了才回家吃飯。結果一家子正吃著飯時，古川就漲紅著臉衝進來罵人了。印象中，後來好像是賠錢了事的。

父親對我毫不疼愛，母親同樣只喜歡哥哥。我哥哥長得格外白淨，又喜歡反串旦角唱戲。父親每每見到我，總說這傢伙不會有出息的，母親也說我成天闖禍，為我的前途憂心。事實上真讓他們料中了，我的確不成材，活著只差沒去坐牢了，也難怪他們擔憂。

第一章

母親病逝前兩三天，我在灶房裡翻筋斗玩，一不小心撞上了灶台的邊角，胸肋疼得要命。母親極為惱火地說「再也不想看到你這孩子了」，並且要我去住親戚家，怎知道後來竟在那裡接到了母親的死訊。我實在沒想到母親那麼快就走了，早知她的病情那麼嚴重，自己真該老實一些。一回到家裡，哥哥便責怪我不孝，說母親是被我早早氣死的。我氣不過，搧了哥哥一個耳刮子，惹來父親狠狠訓了一頓。

母親過世以後，留下父親、哥哥和我三個人過日子。父親成天無所事事，見了面老是數落我樣樣不行，簡直成了他的口頭禪。直到現在，我依然不明白究竟自己有什麼地方不合他的心意，天底下就有這樣莫名其妙的老子。哥哥說什麼要當企業家，努力用功學習英文。他的性情本就陰柔，鬼黠狡猾，我們處不來，差不多十天裡總要吵上一架。一次下棋時，他卑鄙地埋了一著伏棋，見我左支右絀，便得意洋洋地冷嘲熱諷。我一氣之下，將手上那只「飛車」棋子朝他眉心扔了過去，棋子劃破了皮膚，出了一點血。哥哥向父親告了狀，父親氣得揚言要和我斷絕父子關係。

當時我心想，這下只能等著父親把我逐出家門了，結果一個在我家待了十年的女傭阿清，哭著替我向父親求情，父親總算息了怒。不過，我沒有因此懼怕父親，倒是對阿清感到過意不去。聽說阿清出身名門，明治維新時期家道中落，只好出來幫傭，現在已是個老婆子了。不知什麼緣故，這老婆子對我分外疼惜，真教人猜不透。因為不單母親在離世前三天對我失望透頂，父親更是終年拿我無計可施，就連街坊鄰居都嫌我是橫行霸道的牛魔王，唯獨阿清一人當我是個寶。我自知生性不討人喜歡，所以即使不被人看在眼裡，也沒當一回事，阿清的百般溺愛反而令我不解緣由。阿清時常趁著灶房裡沒人時誇獎我：「少爺秉性好，做人正直。」可我不懂這話是什麼意思。假使我秉性真有那麼好，那麼除了阿清，其他人應該也會對我好一些才是。因此每逢阿清這樣稱讚時，我總對她說自己不愛聽恭維話，結果這個老婆子又喜上眉梢看著我說：「就是因為這樣，才說你的秉性好呀。」瞧她的表情，宛如炫耀我是她一手打造出來似的，那感覺讓我有些頭皮發麻。

自從母親過世後，阿清更是疼愛我了。我當時年紀小，對於她的格外疼愛十分納悶，有時覺得她真多事，別來煩我反倒圖個輕鬆；可有時又對自己的想法感到過意不去。儘管我這麼想，但是阿清對我的疼愛依然不減，時常自掏腰包送我豆餡煎餅和梅花餅，還會私下買來蕎麥粉，在寒冷的夜晚沖一碗蕎麥粉熱湯悄悄地端到我的枕邊，有時甚至會帶湯麵回來給我吃。阿清不單給我買吃的，還送過我襪子、鉛筆，以及筆記簿。在我大了些以後，她甚至曾經借過我三圓。並不是我開口問阿清借錢的，而是她自己送來我房裡，說是知道少爺正愁著沒零花錢，讓我儘管拿去用。我當然說不要，可她非讓我拿著不可，只得當作向她借下了，其實心頭喜孜孜的。我把這三圓收進小錢包揣在懷裡，去了趟廁所，一不留神竟掉進茅坑裡了，無奈之下只得磨蹭著出來找阿清一五一十講了經過，她很快找來一根竹竿，說要幫我把小錢包撈上來。不多時，我聽見嘩啦啦的沖洗聲從水井那裡傳來，走出去一瞧，阿清往掛在竹竿尖上的小錢包不停地潑水。接著她打開錢包察看，只見那些一圓鈔票全被染得褐黃，上面的圖案也看不清楚了。阿清把鈔票拿到火盆上烘乾後交還給我，說是這樣就行了。我湊鼻聞了聞，嫌鈔票臭，阿清說那就交給她去換吧。也不曉得她是上哪裡去、又用了什麼法子的，總之最後她帶著三枚銀幣回來。我已經不記得這三圓後來拿去做了什麼用途，當時只說很快就會還她，但始終沒有償還。時至今日，縱使想給她十倍的金額，卻再也沒有辦法了。

阿清總是趁父親和哥哥都不在家時給我東西，可我這個人最討厭的就是暗地裡獨自占便宜。雖說和哥哥處不好，可我還是不願意瞞著哥哥收下阿清給的零嘴和彩色鉛筆。我曾問過阿清，為什麼只給我，不給哥哥呢？阿清不以為意地回答，您哥哥有父親買給他，不打緊的。但我認為這樣不公平，父親縱然頑固，卻不至於偏心，然而在阿清眼裡，仍是認定父親就寵哥哥一個，只能說她太疼我了。這個老婆子雖是出身世家，可惜沒讀過書，遇上這種情形，就是和她講理也說不清。阿清的執著不單表現於對我的溺愛，甚至認定我將來肯定出人頭地。至於我那用功讀書的哥哥，她說瞧那唇紅齒白的，往後肯定沒出息。對於老婆子的執著，我唯有兩手一攤了。她堅信自己喜歡的人未來一定飛黃騰達，而自己討厭的人必然窮愁潦倒。那個時候的我還沒有立定志向，但聽著阿清成天說我絕對會揚名立萬，不禁起了自命不凡的念頭，如今回頭想想，簡直可笑。有一次問了阿清覺得我會成為什麼樣的大人物，阿清似乎也說不上來，只說少爺日後必定住在氣派的高門大院，且出入皆有人力車相迎。

除此之外，待我成家立業以後，阿清打算隨我住在一起。她三番兩次央求我屆時可得收留她，講得我也當自己真有了房子似的，滿口答應下來。豈料這老婆子很有想像力，逕自做起計畫來了，逐一問我喜歡住在哪裡？麴町還是麻布[1]？在庭院裡架個鞦韆吧？屋子裡有一間洋室也就足夠嘍云云。那時候我根本沒想過擁有自己的房子，所以每次都回答阿清：「我既不要洋房也不要傳統家屋，那些玩意我一件都不想要。」誰知道這樣一來，她又誇我清心寡欲、心地善良了。總之，不管我說什麼，阿清總少不了稱讚一番。

母親離開人世後的五、六年間，我的日子就在遭父親責罵、和哥哥吵架、吃阿清的零食及聽她誇獎之中度過。我無欲無求，已是心滿意足。我想，其他孩子應該都是這樣的。只不過每每遇上什麼事，阿清張口閉口都是我可憐呀、不幸呀，說得我也覺得自己該是可憐和不幸的。除了這些，我倒沒有一絲一毫的煩惱。真要說，頂多就是父親不給零花錢讓我叫苦不迭吧。

母親去世後第六年的正月，父親也因中風而撒手人寰了。那年四月，我從一所私立中學畢業，六月，哥哥也從商業學校畢業了。哥哥費了番功夫，在某家公司的

① 麴町和麻布皆為日本東京的高級住宅區。

九州分店謀了個差事，要去外地工作。他說要把房子賣了，將家產處理妥當再去公司報到，但我還得留在東京繼續求學，就回答哥哥悉聽尊便，反正我也不想給他添麻煩。就算隨哥哥一起搬去外地，兩人還是要吵架，他在氣頭上肯定又會對我冷嘲熱諷。哥哥想必不會噓寒問暖，但我畢竟住人屋簷下，不免要低聲下氣。於是我打定主意自己過活，至多去送牛奶，總可以填飽肚子。之後，哥哥找來一個舊貨商，把那些不值錢的家傳物什全都賤賣了，而這棟屋子則經人介紹，賣給了一位財主，聽說賺到一大筆錢，詳情我自是無從得知了。至於我，約莫一個月前到神田的小川町租屋住下，等決定去向之後另做安排。阿清對於住了十多年的屋子轉手讓人，感到非常遺憾，可畢竟屋子不是她的，根本無從置喙。阿清向我頻頻發牢騷，說是少爺如果再大上幾歲，就可以繼承這間屋子嘍。倘若真如她所說，年齡大個幾歲就可以繼承，理應現在就能繼承了。這個老婆子什麼都不懂，滿心以為只要我年紀大一些，就能得到這棟哥哥的屋子②了。

哥哥和我就這樣分開了，為難的是該怎麼安頓阿清。哥哥自然無法帶她走，阿清也壓根不願當個跟屁蟲，隨他遠赴九州；至於我，連自己都窩居在四鋪席半的廉價公寓裡，隨時都可能搬離此地，眼下的窘境真教人一籌莫展。我問了阿清，有無打算去別人家幫傭？阿清這才下定決心告知，直到我買房子、娶夫人之前的這段日子，她只好去投靠姪兒了。阿清的這個姪兒是法院的書記官，日子過得還算滋潤，以前曾勸過阿清兩三次去他那裡享享清福，可阿清沒有答應，認為幫傭也無妨，她還是想留在長年住慣了的地方，怎料世事多變，如今與其換到陌生的東家小心伺候，不如去打擾姪兒來得好一些。阿清又叮嚀我，早日娶妻買房，她好來幫我打理生活。想必是因為比起親姪兒，她更喜歡我這個外人吧。

在臨去九州的兩天前，哥哥來到我的住處給了六百圓，說這筆錢想拿去做生意或是繳學費讀書都好，總之我往後和他無關了。以我哥哥的個性，這麼做已算有情有義。儘管覺得不要這區區六百圓也不至於沒法過日子，可他這種不同於以往的直爽作風甚合我意，於是謝過之後收下了。接著，哥哥又掏出五十圓要我順便轉交給阿清，我也答應下來了。兩天後，我和哥哥在新橋車站道別，那就是我們兄弟的最

②根據日本當時的民法規定，所有的遺產皆由長子繼承。

後一面了。

我躺著思索這六百圓的用途，若拿去做生意呢，一來麻煩，再者我也不是那塊料，況且六百圓這麼點數目更不可能做出什麼像樣的買賣，即便做得成，以我現在的學歷，往後就無法在別人面前抬頭挺胸說自己是受過教育的，怎麼算都划不來。我看還是別拿去做生意，用這筆錢繳學費讀書吧。把六百圓分成三份，每年繳兩百圓，可以讀三年。若是發奮讀書，三年下來總能有些成就。接下來，我開始考慮該進哪一所學校才合適。我從小對任何一門功課都不感興趣，尤其是語言學啦、文學啦，見了就發愁，更別提什麼新體詩，二十行中我連一行都不懂。思前想後，沒一樣喜歡的，學什麼都一樣討厭。所幸，有天經過物理學校③，瞥見張貼在校門前的招生海報，心想這就是緣分吧，於是向校方索取簡章，立刻辦妥了入學手續。如今回想起來，在決定自己的前途時，我這遺傳自父母的魯莽性子又一次鑄下了錯誤。

在校的三年期間，我雖和同學一樣用功，畢竟天資不佳，名次總是倒數來得快。就這樣過了三年，我居然順利畢業了，想想連自己都覺得奇怪，可也沒什麼好抱怨的，於是老實安分地離開了校門。

畢業後第八天，校長派人叫我返校一趟。還以為什麼事找我，去了才知道原來是四國地區的一所中學需要數學教師，月薪四十圓，校長問我意下如何。老實說，我雖然讀了三年書，既無意願執教鞭，也不想到鄉下去，但也沒有其他的打算，所以在聽到校長的詢問後，當場就答應下來了。想來，這同樣是傳自父母的魯莽性子在作怪。

既然答應了人家，那就非去應聘不可了。這三年來，我窩居在四鋪席半的房間裡，不曾受過半次責備，也用不著和人吵架，算得上是我這輩子較為逍遙的時光。不過，現在這個四鋪席半的房間也得退租了。從出生以後，我唯一一次離開東京，就是和同學去鎌倉遠足的那一回。然而，這一次可不是到附近的鎌倉，而是必須去非常遙遠的地方了。從地圖上看，那地方在海邊，只有針尖一般大小，想來不是什麼像樣的地方。我不知道那是個什麼樣的村鎮，也不曉得住著什麼樣的人們。不知道也無妨，用不著擔心，去就是了。只不過遠赴異地，多少有些費事。

---

③現今的東京理科大學，位於新宿區。

老家那間房子賣了以後，我仍時常去探望阿清。她這位姪兒還真是個好人。我每次去，只要他在家，總會熱情款待一番。阿清還當著我的面，向姪兒炫耀我的種種事情，甚至吹噓我一畢業就要在麴町買座宅邸、去公家上班。阿清的吹捧羞得我面紅耳赤，而且這樣的情況發生過很多次。她還把我小時候尿床的事也抖了出來，教人十分難堪，不知道阿清的姪兒聽了這些話之後作何感想。不過阿清的想法守舊，似乎依然活在封建時代裡，仍當我是她的主子，並且認為自己的主子，當然也是姪兒的主子了。這一來，反讓她姪兒覺得丟人現眼了。

就在工作全都談妥，即將啟程的前三天，我去探望了阿清。她染上風寒，躺在一個面北的三鋪席房間裡。見到我來了，她連忙坐起來問少爺幾時買房子呢？她以為我只要一畢業，口袋裡就會冒出錢來，實在犯傻。倘若我當真如此神通廣大，她這個老婆子怎有資格喚我少爺呢？我只輕描淡寫地告訴她，我暫時沒法買房子，要到鄉下去。她聽了大失所望，將散亂的花白鬢髮撫了又撫。我看她實在可憐，便安慰她：「雖然不得不去，但不久就會回來。明年暑假我一定回來。」說完，見她臉色還是不大好，於是又問她：「我買些土產回來給妳吧，想要什麼？」她回答：「想吃越後[4]的竹葉糖。」我從來沒聽過越後的竹葉糖，況且她根本誤解了我赴任地的方位。我告訴她：「我去的鄉下那邊好像沒有竹葉糖。」她便反問：「那麼，您去什麼地方？」我說：「西邊啊。」她又追著問：「比箱根遠還是近呀？」這一來一往，費了我好一番唇舌。

動身的當天，她一早就來幫忙打理。她來這裡的路上從雜貨店賣了牙刷、牙籤和毛巾，全都塞進我的皮革提包裡。我說不要這些東西，她仍堅持要我帶走。我們一起搭車到火車站，上了月台，她直勾勾地望著我進到車廂，熱淚盈眶，細聲說道：「說不定再也見不到面了，少爺得多多保重！」我沒有哭，只是險些掉下了眼淚。火車開了。好一會兒，我猜她已經走了，怎料從車窗探頭朝後望去，阿清仍舊站在原地。那條身影，看起來非常渺小。

④現今的日本新潟縣一帶。

我中學時曾學過「witch」這個名詞，
這位房東太太的樣貌簡直就是個如假包換的 witch。
不過反正她是別人家的太太，
就算真是 witch 也與我無關。

中学校に居た時ウィッチと云う言葉を習った事が
あるがこの女房はまさにウィッチに似ている。
ウィッチだって人の女房
だから構わない。

第二章

隨著「嗚——」的一聲長鳴，輪船停下來了。舢舨離開岸邊，划了過來。船夫全身赤裸，只繫上一條紅色的兜襠布。這裡真是個化外之地。話說回來，這大熱天的，難怪衣物穿不住。日頭毒辣，照得水面亮晃晃的，直教人目眩。問了工作人員告訴我該在這地方下船。放眼望去，這座漁村和大森⑤約莫一般大。我心想，這簡直是糟蹋人，這種鬼地方誰待得下去？事到如今，懊悔也來不及了，只得強打精神，率先縱身跳下舢舨，跟著又有五、六個人一起搭上，另外還載著四只大箱子，由繫著紅兜襠布的船夫划回了岸邊，靠岸後仍是由我打頭陣跳上了碼頭。我一上岸便抓住身邊那個拖著鼻涕的小傢伙，問了他中學在哪裡。小傢伙愣了愣，回說不知道。真是呆頭笨腦的土包子，這麼個巴掌大的村莊，怎會連中學在什麼地方都不曉得呢？就在此時，恰巧來了一個身穿窄袖短褂、裝束奇怪的男子，喊了聲「隨我來」。我跟去一看，他把我領到了一家名為港屋的旅舍，有群討厭的女人齊聲招呼我進去。

我哪裡願意，只站在門口打聽中學的地址，一聽他們說，從這裡還得搭火車走上十五、六里才到得了中學，就更沒心思住下來了。我從那個穿窄袖短褂的男子手裡搶回自己的兩只提包，慢悠悠地走開了。旅舍的人們都露出了莫名其妙的表情。

我很快就找到車站，順利買好了車票。上車一看，狹小的車廂簡直和火柴盒差不多。左搖右晃了五分鐘左右，又得下車了，怪不得車票那麼便宜，只花了我三分錢。我雇了輛人力車，去到中學，這時間已經放學，人都走光了。校工告訴我，值班教師外出辦事去了，哪有人值班時這麼隨便的呢？我本想拜見校長，但實在累壞了，於是又上了車，吩咐車夫送我到旅舍去，車夫飛快地把車拉到一家叫作「山城屋」的旅舍門前。這店號居然和勘太郎家的當鋪一樣，真有意思。

我被領到樓梯下的一間客房，既暗又熱。我說不要這間房，旅舍的人答稱不巧已經客滿了，說著扔下皮革提包就走了。迫不得已，我只好將就這間客房，一進去就大汗淋漓。沒多久，有人請我去洗澡。我「撲通」跳進浴槽後，浸一下子就上來

⑤東京灣沿岸的一座漁村。

了。回房時順道探看，許多涼爽的房間根本沒人住。勢利眼的傢伙，竟敢撒謊騙我！隨後，女侍送飯來了。這客房雖熱，但飯菜比以前租處供應的好吃多了。在一旁伺候的女侍問我打哪裡來，我回答從東京來；她又問東京是個好地方吧？我說那當然。女侍撤走飯盤回到廚房後，一陣哄然大笑傳了過來。我閒得發慌，很快就躺下，可怎麼也睡不著。這裡不單悶熱，還吵得很，比以前那間公寓還要吵上五倍。迷迷糊糊間，我夢見了阿清。夢裡的她大口大口地吃著越後的竹葉糖，連竹葉都吞了下去，我勸她竹葉有毒別吃，她卻說這竹葉是藥，仍舊吃得香甜。我大感訝異，張嘴哈哈大笑，然後就醒了，看見女侍正在打開木板套窗。又是一個晴空萬里的好天氣。

我聽人說過，出門在外要給小費，若是不給小費，就要受到怠慢。我之所以被塞到這昏暗狹小的客房，或許是因為沒給小費，抑或是瞧我一身寒酸、拎著皮革包和棉緞傘的樣子。沒想到鄉巴佬還看不起人，不如給一筆鉅額小費，嚇唬嚇唬他們。別瞧我這模樣，離開東京時，懷裡可是揣著繳學費餘下的三十圓，扣去買車票、船票和雜支，還剩十四圓左右，即便當小費全付了也無妨，反正日後每個月都有薪水領。鄉下人吝嗇，給個五圓肯定就嚇得翻白眼了，等著瞧吧。我不露聲色地洗了臉，回到房裡等著，結果又是昨晚那個女侍送飯來了，嘻皮笑臉地端著漆盤伺候，真是個不懂規矩的傢伙。我臉上又沒有熱鬧好瞧，況且再怎麼不濟，長相總比這女侍強得多。本想吃完飯再給，可我實在氣不過，吃到一半就掏出五圓來，交代她回頭送帳房去，女侍一臉的錯愕。我吃完飯立即到學校去了。旅舍的人連皮鞋都沒給我擦。

昨天已坐人力車到過學校，所以大致記得方向。拐過兩、三個十字路口，就到校門前了。從校門到玄關之間是一條花崗岩的碎石子路。昨天人力車打這條路經過時，把石子碾得嘎啦嘎啦響，很是刺耳。我沿途遇到了許多身穿棉布制服的學生，全都穿過這座校門進入，其中有些長得比我高大壯碩。一想到要教這些傢伙，心裡有些發毛。我遞出名片，接著被領進了校長室。校長是個鬢疏皮黑、一雙大眼如貉子一般的男士，貌似狡猾又愛裝派頭。他勉勵我在教學上必須全力以赴，然後把一張蓋有大印的教員聘書交給了我。這張聘書後來在回東京的途中，被我揉成一團扔進大海裡了。校長說現在要把我介紹給其他教師，叮囑我要把這張聘書給他們每人過目，簡直多此一舉。與其這樣麻煩，不如把這張聘書張貼在教師辦公室裡公告三天來得省事。

由於要等第一堂課的下課號聲吹響之後，教員們才能到辦公室來，還得等上好一段時間。校長掏出懷錶來看了一眼之後對我說，原本打算以後慢慢詳談，現在暫且讓我了解個大概，接著就滔滔不絕地來了一場精神訓話。我當然心不在焉，聽著聽著，忍不住想自己怎會來到這種要命的地方。校長要求的那一套，我根本辦不到。他要我這個冒失鬼做學生的楷模啦、當個全校師表啦、治學之餘還得以德化人方能成為教育家啦云云，額外的要求一樁接一樁。區區四十圓的月薪，真有這般偉大的人物甘願千里迢迢來到這窮鄉僻壤嗎？我想，人們的本性大致相去不遠，若是生起氣來，誰都免不了要吵上一架。真要照校長的說法，我根本不能開口講話，也沒法出外散步了。這份差事的要求那麼高，早該在聘僱之前說清楚才是。我這人又不喜歡說假話，不如認了這次是受騙上當，咬牙婉拒這份工作，速速回返東京。無奈的是，我已經付了五圓房錢，錢包裡現在只剩九圓，九圓是回不了東京的。我很是懊悔，早前別急著付小費該多好。不過，九圓仍可以派上一些用場。即便盤纏不夠，總比騙人又騙己來得好。於是我對他說：「校長要求的我無法做到，這張聘書奉還給您。」校長眨巴著那雙貉子眼瞧了我半晌，過後才笑著解釋方才說的只是期許罷了，我很明白你無法全部達成，儘管安心待下來吧。真是的，既然心裡明白，打從一開始就不該嚇唬人呀。

聊談間，下課號聲響了，教室那邊頓時發出一陣喧鬧。校長說，教師應該都回到辦公室了，我便隨著校長走進了辦公室。那是一間狹長的大房間，桌子沿著四邊擺置，大家圍桌而坐。一見到我進來，所有人不約而同盯著我瞧。我心裡嘀咕：自己又不是耍猴戲的，有什麼好看。接下來只得按照校長的交代，走到每個人面前出示聘書，逐一寒暄問候。他們大多只是站起來略微欠身，禮貌較為周到的人則接過聘書拜讀，再畢恭畢敬地返還，簡直像唱酬神戲似的。輪到第十五位的體育教師時，我因為相同的動作已經重複好幾遍，有些不耐煩了。別人只消一次就罷，我卻得來回做上十五趟，多少該體諒一下我的辛苦吧。

相互寒暄的其中一人是某某教務主任，據說是文學士。所謂文學士，自然是從大學畢業的，應當是位了不起的人物，奇怪的是他說起話來細聲細氣，像個女人似的。更令人驚訝的是，這種大熱天他竟穿著法蘭絨襯衫，即便料子輕薄，肯定十分悶熱。難道只因為身為文學士，就得穿這種活受罪的衣裝嗎？況且又是紅襯衫，看得旁人都嫌熱了。後來我才聽說，他一年到頭只穿這件紅襯衫，天底下真有這種怪癖！據他本人解釋，紅色具有療效，為了有益健康才特地訂製了這件襯衫，簡直是杞人憂天。倘若真如他所說的，何不穿全套紅色的和服與褲裙呢？還有一個姓古賀的英文教師，臉上沒什麼血色。面色蒼白的人通常都是瘦子，但是這一位卻是蒼白而臃腫。記得從前讀小學時，有個女同學叫淺井民，她父親就是這樣的氣色。淺井是莊稼人家，我曾問過阿清，莊稼人是不是都長這樣的？阿清說不是，是因為那個人只吃長在蔓梢上的青南瓜，所以才這樣蒼白而虛胖。從此以後，凡是見到氣色蒼白又虛胖的人，我便斷定那是吃太多青南瓜的下場，因此這位英文教師肯定也是青南瓜吃多了。話說回來，「長在蔓梢上」究竟是什麼意思，我始終不大清楚。這個疑問也拿去問過阿清，但阿清笑而不答，想必她也弄不明白吧。辦公室裡有一位堀田老師，和我一樣教數學。此人身材壯碩，頂著光頭，活脫脫像比叡山上的惡僧。人家彬彬有禮地遞上聘書，他看都不看一眼，隨口說了幾句：「喔，你是新來的？來我家玩吧，哈哈哈！」笑什麼笑，這種沒禮貌的傢伙，誰要去你家！我當下就給這個光頭起了個綽號叫豪豬。至於漢學先生不愧知書達禮，像位慈祥的老爺爺對我連聲慰問：「昨日剛到，想必疲累，今日便要授課，委實勤奮……。」另外還有一位美術教師，完全像個唱戲的，身披輕飄飄的薄紗外褂，手中扇子一開一合地啪啪作響，刻意用一口江戶腔問我：「府上哪兒？哦，東京？太好嘍，咱有了同鄉，咱也是個江戶人[6]哪！……」我心想，這種傢伙若也算是江戶人，我可不願意生在江戶。至於其他人，如果亦要這樣逐一介紹，可就寫不完了，就此打住。

寒暄結束後，校長告訴我今天可以回去了，授課的事請和數學主任商量，後天開始上課。我問誰是數學主任，原來就是那個豪豬。真晦氣，居然要在這個傢伙手下工作，我不禁大失所望。豪豬問我：「喂，你住哪裡？山城屋啊，唔，回頭找你商量。」說完，拿起粉筆就到教室去了。身為主任，卻親自上門商量事情，實在有失身分。不過他沒叫我過去，倒令我有些感動。

走出校門，我原先打算立即回旅舍，可回去也無聊，不如上街逛一逛，於是信

⑥江戶為東京的舊稱，江戶人意指地道的東京人。

步轉悠。我看了縣政府，那是一棟上個世紀的古老建築；也看了軍營，比不上麻布⑦那邊的聯隊威武；還看了大街，但街寬僅只神樂坂⑧的一半，街面亦不若那裡熱鬧。原來，二十五萬石俸祿的諸侯都城不過爾爾。想想，住在這種小地方的那些鎮民，竟以都城人驕傲自居，令人同情。不知不覺間，我已經走回山城屋了。這地方看起來大，實際上很小，逛個一圈就看遍了，還是回去吃飯吧。坐在帳房裡的老闆娘一見我進門，趕忙奔出來跪在地板伏地問安：「您回來了。」我脫鞋進來，女侍說豪華客房空出來了，領我上了二樓的十五鋪席大客房，不但面街，還帶個大壁龕。我生平還不曾住過這般氣派的房間，今後也不知何時才能有這樣的機會，於是當即脫去西服，換上浴衣，在房中央躺成了大字形，舒心又愜意。

吃過午飯，我立刻提筆寫信給阿清。我作文差，又識字不多，向來最討厭寫信，再說也無處可寄。不過，想必阿清對我十分惦念，要是以為我翻船淹死了，那可不好，於是鼓足精神，寫了一封長信給她。信裡是這樣寫的：

「昨天到了。這地方很無聊。住在十五鋪席的客房裡。給了旅舍五圓小費。老闆娘跪著給我磕了頭。昨天晚上沒睡好。夢見阿清把竹葉糖連著竹葉一起吃進去了。

明年夏天回去。今天去了學校，給大家起了外號：校長是貉子，教務主任是紅襯衫，英文教師是青南瓜，數學教師是豪豬，美術教師是陪酒郎。以後再給妳寫其他的事。再見。」

寫完信後，通體舒暢，睡意襲來，於是又像一開始那樣，在房中央悠閒地躺成大字形。這回沒作夢，睡得十分香甜。忽然間，有人大喊一聲：「是這個房間嗎？」我驚醒過來，只見豪豬進來了。我還沒來得及起身，他劈頭就說：「打擾了，你擔任課程是……。」這猝不及防的開門見山，使我一時間不知如何回應。聽他描述了分派給我的課程後，發現並不太難，於是答應了下來。這種程度的課程別說是後天，就是叫我明天去上課，我也不慌不忙。課程的事談妥之後，他旋即擅作主張說道：「你總不能老住在旅舍裡，我幫你找個好住處，你搬過去。換作是別人交涉，房東不會答應，我去說一聲，馬上就成。打鐵得趁熱，今天看房，明天搬家，後天到學

⑦東京地名。
⑧東京地名。

校上課，一切水到渠成。」這話有道理，我總不能一直住在這十五鋪席的豪華客房裡，就算把月薪全拿來付房錢，只怕還不夠。才剛大手筆給了五圓小費就馬上搬走，雖然有些可惜，但既然遲早要搬，不如早點搬家安頓下來才好，於是決定請託豪豬幫忙。豪豬旋即說一起去看看屋子，我便隨他去了。那間屋子坐落郊外的半山腰上，環境清幽。房東先生做骨董買賣，名叫伊香銀，房東太太有了些年紀，比房東還要大上四歲。我中學時曾學過「witch」這個名詞，這位房東太太的樣貌簡直就是個如假包換的 witch。不過反正她是別人家的太太，就算真是 witch 也與我無關。最後，我們說定了明天搬過去。回來的路上，豪豬在通町請我喝了杯冰水。在學校剛認識時，還以為他是個傲慢無禮的傢伙，現下見他對我這般細心關照，似乎不像個壞人，只是和我一樣是個急性子，容易發脾氣而已。後來聽說，他是校內最受學生歡迎的教師。

我不是小人，
也不是懦夫，只是膽子不够大。

おれは卑怯な人間ではない。
臆病な男でもないが、惜しい事に胆力が欠けている。

第三章

我終於正式到校授課了。第一次走進教室，步上高高的講台，心裡有股說不出來的彆扭。我一面講課，心裡一面想著自己真有資格當教師嗎？學生們鬧得很，不時扯著喉嚨大喊老師，我這個老師實在吃不消。過去在物理學校時，我同樣成天喊老師，可是喊別人和被人喊，兩者真有天壤之別，這一聲聲聽得我腳底發癢。我不是小人，也不是懦夫，只是膽子不夠大。每次聽到學生大喊一聲「老師」，簡直像肚子正餓時，在丸之內聽到了鳴放的午炮⑨一樣。第一堂課好歹應付過去了，所幸沒有學生發問難題。一回到辦公室，豪豬問我如何，我只隨口應了一聲「嗯」，豪豬好像便放下心了。

第二節課，我拿著粉筆走出辦公室，感覺彷彿即將衝入敵營。走進教室一看，這班學生比前一班學生個子還要高大。我是江戶人，身形瘦小，即便站在高處仍是不顯威嚴。若是打架，就算對手是相撲力士，我還能露個幾招；但面對這四十幾個高頭大馬的學生，單憑一張嘴，我卻不知道該怎麼鎮住他們。繼而一想，這時若是向這群野孩子示弱，往後可要被看扁了，於是我扯開嗓門，刻意略帶捲舌音，氣勢十足地講課。一開始，學生聽得如墜五里霧中，一個個面露茫然。我暗自叫好，愈發得意起來，連江戶腔裡粗魯的用語都使上了。這時，一個坐在第一排正中央、看來最強悍的傢伙霍然站起來，喊了一聲「老師」。我一面開口問他有什麼事，一面暗忖他們果然回擊了。學生說：「太快了，聽不懂，能不能講慢一點咿？」這地方說話句尾慣用的這聲「咿」，聽著真讓人提不起勁。我告訴他要是嫌快，我可以講慢一些，不過我是道地的江戶人，不會說這裡的話，現在聽不懂，以後就聽懂了。就這樣，第二節課依然比預想來得順利。只是當我正要回辦公室時，一個學生走過來問說：「能不能教我解這一題咿？」他出示了一道我實在解不出來的幾何題，嚇得我冷汗直淌。逼不得已，我只得回答不知道解題方法，下回再教他，便匆匆離開了教室。學生們「哇」的一聲鬧

⑨丸之內是東京的政府機關與公司企業的集中區域。當時東京與各地城市會在正午時分施放空炮報時。此處形容到了中午用餐時間聽到報時的午炮聲，感覺愈發催餓。

騰起來，還聽得到身後有人嘲笑：「不會解！不會解！」這些混帳東西，就算是老師，不會解答也不足為奇！不會就說不會，有什麼好笑的？要是連這種難題也能解，我何必為了區區四十圓來到這種鄉下地方！一回到辦公室，豪豬又過來問我這堂課如何？我再次「嗯」了一聲，但單應這一聲，還覺得無法解氣，便又添了一句「這個學校的學生真不懂事」，聽得豪豬一臉摸不著頭緒。

第三節、第四節和下午的第一節，情況都大同小異。頭一天的幾堂課，多多少少都有些失誤，原來當教師可不像看起來的那般容易。課雖上完了，還不能走，必須乾等到三點才行。聽說到了三點，自己擔任導師班的學生打掃完教室來報告後，還得去檢查，再按照出席簿點名一遍，這才能離校回家。雖說自己受雇於人，但連空堂時間也得被關在學校裡望著桌子發呆，這是哪門子規定？無奈其他傢伙全都老老實實地遵命照辦，自己這個初來乍到的總不能我行我素，只得忍了下來。回家的路上，我向豪豬抱怨不管有沒有課，一律要在學校裡待到三點，真是愚昧的規定。豪豬先應了句「就是說啊」，哈哈大笑了一陣，接著斂起笑意給了我忠告，提醒我可不能老是抱怨學校，真要講，只能找他一個說去，因為學校裡有好些人相當不牢靠。由於這時我們來到路口道別了，因此細節沒來得及問他。

回到住處，房東先生走進來說「沏壺茶吧」。既是他說要沏茶，我原以為是要請我喝，怎料竟是毫不客氣地用我的茶葉沏了獨自品茗。如此看來，我不在家時，他大概也常像這樣逕自進來偷茶喝吧。房東先生說他向來喜歡書畫骨董，把玩多年終於也兼做起這門生意來了。他還說，我看來是位風雅之士，邀我也玩一玩骨董。他可真是找錯人了。兩年前，我去帝國飯店替人辦點事，被誤當成修鎖匠；又有一次去參觀鎌倉大佛時身上披了件毯子，竟被車夫錯喚為工頭。時至今日，我仍經常遭人誤認，但從不曾有人稱讚是風雅之士。一般說來，從衣著舉止即可辨識出真正的風雅之士，在圖畫裡也能看到這種人大都頭戴方巾，手執詩箋。房東先生竟然一本正經說我是風雅之士，可見居心叵測。我說那是享清福的老太爺們的消遣，我不喜歡。房東先生嘿嘿笑了幾聲說：「誰也不是打從一開始就喜歡此道，可一旦迷上了，就再也沒法放手嘍。」說著，他又逕自沏了茶，以一種奇特的動作端起來喝。這茶葉其實是昨晚我托他買的，既苦且濃，我不喜歡，喝上一杯胃就難受。我告訴他下回改買不苦的，他答應著遵命照辦，又喝了一杯。這傢伙貪圖別人的茶葉不用錢，拚命似地往肚裡灌。房東先生走了之後，我備妥明天的課程，很快就睡了。

接下來的日子，我天天到學校按照進度授課，天天一回到住處房東先生便進來沏茶。就這麼過了一個星期左右，已經大致了解學校的情況，也差不多明白房東夫妻的為人行事了。聽其他教師說，他們在收到聘書後的一星期至一個月內，非常擔憂別人對自己的評價好壞，我卻絲毫沒把這事放在心上。儘管我時常在課堂裡出些差錯，當下心裡有點不舒服，可過個三十分鐘也就拋諸腦後了。我這人不管對任何事，縱使想久久掛心也辦不到。在課堂上沒把課教好，這究竟會給學生造成什麼樣的影響，而這事傳到校長和教務主任那裡又會引發什麼樣的反應，我完全不在意。稍早曾經提過，我膽量不大，卻頗為豁達，因此早已打定主意，若在這個學校待不下去，大可立刻換到其他地方去，所以管他貉子也好，紅襯衫也罷，壓根沒放在眼裡，遑論教室裡的那些臭小子們，更沒必要巴結和討好。不過，這種作風可以用在學校裡，回到租處卻是行不通。假如房東先生只是過來喝喝茶，我還能勉強忍受，可他總拿來各式各樣的東西推銷。最初拿來的是印石，在我面前擺出十來個，說是每個只便宜賣三圓，讓我買下。我拒絕了他，說自己又不是走江湖賣藝的差勁畫家，用不上那種東西，結果下一回他又拿來了叫什麼華山的人畫的花鳥掛軸，然後親手掛上壁龕，大表讚嘆畫得好。我不得不隨口敷衍了一句，他便嘮嘮叨叨地講解起來，說是名叫華山的畫家有兩人，一個叫某某華山，另一個則叫某某華山[10]，而這幅畫就是其中一個某某華山畫的，若是我想要，算我十五圓就好，催著我快些買下。我回絕說自己沒錢，他仍糾纏不休地說日後再慢慢支付就成。這下子我只得撂話說就算有錢也不買，好歹把他給攆走了。接下來，他又扛來了一塊和鬼面大瓦一般大小的硯台，直嚷著：「這可是端溪[11]呀、這可是端溪呀。」我半開玩笑地反問端溪是什麼？他當即講解起來，說端溪石分為上、中、下三層，如今市面上流通的全是上層石材，這一塊可是千真萬確的中層石材，還要我仔細瞧硯上的眼[12]，說是三眼的極為罕見，發墨極佳，不信讓我試試，說著就將那方硯台推到我的面前。我問他多少錢，他說硯主是從中國帶回來的，趕著脫手，便宜算我三十圓，真不知這傢伙哪來的異想天

⑩ 兩位均為江戶末期的畫家，一位是渡邊華山（一七九三～一八四一），另一位是橫山華山（一七八四～一八三七）。
⑪ 中國廣東省端溪出產的高級硯石。
⑫ 端溪硯石表面有眼狀紋理，眼數愈多愈罕見昂貴。

開。學校那邊我還能見招拆招應付過去，可這個骨董販子連日兜售逼買，此處恐怕不是久留之地了。

沒多久，學校同樣讓人生厭了。一天晚上，我到大町那地方散步，看到郵局隔壁掛著一面招牌，上方寫著「蕎麥麵」，下面還加注了「東京」的字樣。我最喜歡吃蕎麥麵了。在東京時，只要經過蕎麥麵館，一聞到調味料的香氣，就非得掀開店簾進去吃上一碗。自從來到這裡以後，成天忙著對付數學和骨董，根本無暇想起蕎麥麵，眼下既然瞧見招牌，自然不能視而不見，盤算著順道吃上一碗。怎料入內一看，根本名不符實。招牌上既然標注了「東京」二字，整家店應當打理得乾淨美觀一些，可不曉得店主是沒去過東京，還是不夠錢裝修，店裡髒兮兮的，榻榻米都褪了色，而且滿是沙塵，牆壁被煤煙燻得一片烏黑，天花板不但被油燈冒出的油煙燻得髒黑，又十分低矮，走在下面不由得縮起脖頸來。唯獨貼在牆上的那張菜單是簇新的，上面冠冕堂皇地寫著各種麵點的價目。這家店想必是買來舊屋整理，才剛開業兩三天吧。價目表上頭一個寫的是炸蝦蕎麥麵。我大聲吩咐：「喂，來一碗炸蝦蕎麥麵！」話聲方落，圍坐在角落裡滋嚕滋嚕吸著麵食的三個人，一齊朝我這邊望了過來。店裡昏暗，我方才沒有留意到，這一照面，才發現他們都是本校的學生。他們先向我問安，我於是也回了禮。這天晚上，因為很久沒吃到蕎麥麵，又格外合胃口，於是一連吃了四碗炸蝦麵。

隔天，我和平常一樣進到教室，黑板上居然寫了「炸蝦麵老師」幾個斗大的字。學生們一看到我，倏然爆出了哄堂大笑。我心裡很不是滋味，問他們吃炸蝦麵有什麼可笑的？結果一個學生回答：「可是連吃四碗總是太多了咿！」我當即反駁：「不管吃四碗還是五碗，我自己掏錢自己吃，關你們什麼事？」我草草上完這堂課，回到了辦公室。十分鐘後，我去另一間教室，這回黑板上寫的是「炸蝦麵總計四碗也，然不許發笑」。方才我沒怎麼發怒，可這次卻氣得七竅生煙了。玩笑開得過頭，就成了胡鬧。這就如同烤得焦黑的年糕，誰都不會說它好吃一樣，鄉下人見識淺薄，不懂得拿捏分寸。住在這種小地方，逛上一小時即可逛遍全村，也沒有什麼好消遣的，所以才會拿炸蝦麵事件當成日俄戰爭一般大肆宣揚，真是一群可憐蟲。就因為他們從小受到這種環境的潛移默化，於是造就出像楓樹小盆栽那般歪七扭八的刁鑽個性來。倘若是天真無邪的淘氣，我還能由著他們一笑置之，可這委實太過分了。

小小年紀，心地卻這般惡毒。我悶不作聲，擦去黑板上炸蝦麵那些字跡，訓斥道：「這樣胡鬧很有趣嗎？這是卑劣的玩笑！你們懂得卑劣這個詞彙的意思嗎？」其中一個傢伙回答：「自己做的事受到取笑就生氣，這才叫卑劣咿！」可恨的傢伙！一想到自己從東京大老遠來到這裡，竟是為了教這種傢伙，實在心有不甘。我呵叱道：「少說歪理，上課了！」便開始講課了。後來再去下一班的教室，黑板上寫的居然是「炸蝦麵入肚，歪理從口出也」。看來，這件事已經不可收拾了。我氣得火冒三丈，扔下一句「我不教這種頑劣份子！」便大步流星地回去了。後來聽說學生平白撿到自由時間，開心得很。如此看來，骨董販子還比學校的學生好應付一些。

回到家裡睡了一夜醒來，不再為「炸蝦麵事件」惱火了。到學校一看，學生都來上課了，真讓人哭笑不得。此後的三天，雙方相安無事。到了第四天的晚上，我去一個叫作住田的地方吃了糯米丸子。住田是一座有溫泉的小鎮，從城裡搭火車約莫十分鐘，若是步行前往則是三十分鐘。那地方有飯館、有溫泉旅舍、有公園，還有青樓。我去的這家糯米丸鋪子位於花街的街口上，聽說相當美味，因此泡完溫泉的回程順道嘗了嘗。這次沒有遇到學生，我心想不會有人知道了。怎料隔天到了學校，進去第一堂課的教室後，黑板上居然寫著「兩碟糯米丸子七分錢」。我的確吃了兩碟付了七分錢。真是棘手的傢伙們！我暗忖，第二堂課肯定還要消遣我，進教室一看，果然寫著「妓院的糯米丸子真好吃」。這些傢伙真不像話！好不容易糯米丸子的風波過去了，這回又換成「紅毛巾事件」來了。起初還以為是什麼大事，說穿了根本不值一哂。自從我來到這裡以後，每天總要去一回住田溫泉。在我眼中，這裡樣樣比不上東京，唯獨溫泉值得稱揚。我想，既然來到這地方了，不如每天去上一趟，權充晚飯前舒活一下筋骨。只是我每次去時，總是拎著一條西式的大浴巾，這條浴巾經過熱水一泡，面料上的紅條紋愈發顯色，看上去像是整片紅。去程和返途，不論是搭車或步行，我總是拎著它，於是學生們給我起了個紅毛巾的渾名。住在這樣的小地方，簡直動輒得咎。受氣的還不單這一樁。我去的溫泉澡堂是一棟新落成的三層樓建築，若是選擇高級浴池，不但給顧客備妥浴衣，還外帶搓背，這樣只要八分錢。除此之外，還有女侍端著天目茶碗奉茶，因此我每次去都是泡高級浴池。誰知道如此一來，又有人說不過領四十圓的月薪，竟每天都上高級浴池，太闊綽了。真是多管閒事！不只這樣，浴池是以花崗岩砌成的，有十五鋪席那麼大，通常有十三、四人同時浸泡，偶爾空無一人。這裡水深齊胸，在熱水裡游一游當運動，格外愜意。我每每趁著四下無人的時候，在這個十五鋪席大的浴池裡游來游去，樂不可支。沒想到有一天，我從三樓興匆匆地奔下來，正想著今天不知道游不游得成，結果朝浴池裡面一望，赫然映入眼簾的是一塊大牌子上貼著一張龍飛鳳舞的告示「浴池內禁止游泳」。在浴池裡游泳的人並不多，這塊告示八成是專門貼給我看的。我從此放棄了游泳的念頭。儘管死了這條心，可到學校一看，又和前幾回一樣，黑板上寫著「浴池內禁止游泳」，使我大吃一驚。全校的學生似乎都在跟蹤監視我，真讓人心煩意亂。依我原本的個性，絕不會因為學生的幾句揶揄就打消了主意，一想到自己無端來到這種憋屈得教人喘不過氣來小地方，便覺得可悲，更不消提一回到住處，還得被逼著買骨董。

要惡作劇，必得受懲罰，

就因爲知道會挨罰，惡作劇起來才有意思。

いたずらと罰はつきもんだ。
罰があるからいたずらも心持ちよく出来る。

第四章

學校有值班制度，由教員輪流負責，但貉子和紅襯衫例外。我問了其他教師，為何他們得以免除這項應盡的義務，原因是這兩人的職等是奏任⑬，真是豈有此理。薪餉領得多，授課時間少，又不必值班，天底下怎有這般不公平的事！他們任意制訂了規章，然後擺出一副理當如此的嘴臉，簡直厚顏無恥。我對此大表不滿，可是豪豬說，單你一個發牢騷也無濟於事。按說，一人也好，兩人也罷，只要言之有理，就該依理施行。這時豪豬引用一句英語「might is right」予以佐證，我不懂他的用意，問他什麼意思，他說「強權即是公理」。「強權即是公理」這句話我早就知道，用不著豪豬拿來對我說教。不過，「強權即是公理」和值班根本是兩回事，誰說貉子和紅襯衫就是強者來著？話雖這麼說，可終究輪到我值班了。我有潔癖，得躺在自己的被褥裡才能睡得著，甚至自小幾乎未曾在朋友家裡過夜。連朋友家都睡不慣，更甭提在學校值班了。然而縱使百般不願，既然這包含在四十圓月薪的工作範圍之內，就得依約履行，只得硬著頭皮照辦了。

教師和學生都放學回去了以後，只剩我一個人愣著發呆，活脫脫像個傻子。值班室是宿舍西側走廊底的一個房間，位於校舍的後方。我進去看一看，屋裡日照西曬，熱得待不住。這裡果真是鄉下地方，時序都入秋了，仍是酷熱依舊。我訂了一份寄宿學生的團膳當晚飯，根本難以下嚥，真難為他們吃了這種伙食，還有體力調皮搗蛋。而且才下午四點半，已經早早解決了晚飯，真服了這些學生。飯吃完了，日頭卻還掛得老高，總不能現在就睡覺，忍不住想去溫泉洗個澡。我不知道值班時究竟能否外出，不過這樣茫然地待在屋裡，宛如坐牢似的，我可捱不住。第一次到學校那天，我曾問過校工值班的人在哪裡，校工回答說出去辦點事了，當時我覺得奇怪，如今輪到自己，就覺得情有可原了——外出乃是人之常情。我告訴校工要出去一下，他問要出去辦什麼事，我說不是去辦事，是去溫泉洗個澡，說完便急匆匆地走了。遺憾的是，那條紅毛巾忘在住處了，今天在那裡租用一條吧。

隨後到了溫泉，我在浴池裡浸泡一會兒、起身休息一會兒，總算消磨到向晚時

⑬相當於由內閣總理推薦任命的三等以下的高級官吏。

分，這才搭火車回到了古町站。這裡距離學校約莫四百多公尺，眨眼工夫就到了。我才邁開步伐，貉子正巧迎面而來，大抵是想趕這班火車去溫泉吧。他大步流星急急走著，快要錯身而過的時候和我對上了眼，我於是和他打了招呼。結果貉子一本正經地問道：「今天不是你值班嗎？」還問什麼是不是的，就在兩小時前，不是才慰勞我說今天第一次值班，辛苦了云云。當了校長，說起話就得這樣拐彎抹角的嗎？我一肚子火，憤恨不平地回道：「是啊，是我值班。就因為輪我值班，所以這就要回校，今晚一定會睡在校內。」說完便逕自離去了。走到豎町的十字路口，這回又碰到了豪豬。這種小地方，一出門總會要碰見幾個認識的。豪豬問道：「喂，不是你值班嗎？」「嗯，是我值班。」「值班時間在外頭閒晃，不大妥當吧？」我神氣十足地反擊：「有什麼不妥當的？不准出來走走才不妥當哩！」豪豬換上不同尋常的嚴肅口氣告誡我：「你這樣吊兒郎當可不好，萬一遇上校長還是教務主任就麻煩啦！」「剛才已經遇過校長了。校長還誇我出來散步是對的呢。他說這種熱天，值班時不出門散個步，想必吃不消吧。」我懶得再和他說下去，趕緊回學校去了。

不久，太陽下山了。天黑以後，我把校工喚來值班室聊了兩個多小時，聊到膩了，心想即使睡不著也先鑽進被窩裡躺，便換上睡衣，揭起蚊帳，掀開紅毛毯，咚的一聲，一屁股仰面倒下去。這個上床時一屁股仰躺的動作，是我自小養成的習慣，可以說是個壞毛病。早前租住於小川町公寓的時候，樓下法律學校的一個學生曾經上樓來向我抗議。這個學法律的學生看來瘦弱，一張嘴倒是能言善道，滔滔不絕，盡是蠢話連篇。我於是提出反駁，說自己睡覺前發出咚咚聲響，不是我這屁股惹的禍，而是這棟公寓蓋得太簡陋了，要抗議請找房東去。所幸這間值班室不在二樓，任憑我盡情把自己往床上扔都不礙事，假如睡前不摔個痛快，可沒法睡得香甜。啊，真舒服——！我剛伸直了腳，陡然感覺有什麼東西跳到兩條腿上了，刺扎扎地，又不像跳蚤，把我嚇了一大跳，兩條腿在毛毯裡蹬了幾下。怎料這些刺扎扎的東西霍然多了起來，單是小腿上就有五、六處，大腿上有兩、三處，然後屁股下「噗吱」壓碎了一個，還有一個蹦到肚臍眼上了，嚇得我魂飛魄散。我一骨碌爬起來，把毛毯使勁往後一甩，竟從被窩裡跳出了五、六十隻蚱蜢來。不曉得爬在腳上的是什麼鬼東西時，心裡多少有些發毛，一發現是蚱蜢，旋即怒火中燒起來——區區蚱蜢竟敢來嚇唬我，看我如何收拾你們！我一把掄起圓筒枕，狠狠地搥了又搥，無奈對手個頭太小，即便使勁砸也不奏效，逼不得已，只得坐在被子上，如同大掃除時捲起草蓆拍打榻榻米那樣，往前後左右胡亂拍打了一陣。蚱蜢受了驚嚇，隨著枕頭的拍打紛紛彈跳上來，朝我肩上、頭上、鼻上或撲或衝。撲到臉上的不能拿枕頭掄打，只能用手抓起來使勁甩擲出去。令人惱火的是只能甩到蚊帳上，因此不管我使出多大的力氣，也只見蚊帳微微晃了晃，根本毫不見效，而被扔擲過去的蚱蜢則順勢攀住蚊帳，根本毫髮無傷。我耗費了半個鐘頭，總算把蚱蜢消滅殆盡，再拿來掃帚，把蚱蜢的屍骸掃了出去。校工來問怎麼回事，我氣得大罵：「還好意思問怎麼回事，世上有哪個地方的人是把蚱蜢養在被窩裡的嗎？混帳！」他辯解說毫不知情。我又憤恨啐了一句：「別想用這句話來脫罪！」說完，把掃帚往簷廊一扔，校工戰戰兢兢地扛起掃帚回去了。

我立即叫了三個寄宿生作代表來問話，結果來了六個。六個還是十個都行，儘管放馬過來！我沒換下睡衣，就這麼捲起袖子，和他們算起帳來了。

「你們為什麼把蚱蜢藏進我的被窩裡？」

「蚱蜢是什麼咿？」站在最前面的學生問說。還挺沉得住氣的。這間學校不單是校長，連學生說起話來都拐彎抹角的呢。

「不知道蚱蜢嗎？要是不知道，就讓你認識認識。」正想拿，不巧全掃光了，連一隻都不剩。我又喚來校工：「把剛才的蚱蜢拿過來。」校工回答：「已經倒進垃圾桶裡了，要不要去撿回來？」「唔，現在就去撿！」校工撒腿就跑，不一會兒便用懷紙盛了十多隻回來，並且解釋：「真對不起，晚上看不清楚，只撿到這麼一點，明天天亮以後再給您多撿些過來。」這間學校連工友都是笨蛋。我拿起一隻蚱蜢給學生看：「這就是蚱蜢。虧你們長那麼大個子，連蚱蜢都不認識，像話嗎？」站在最左邊的一個圓臉傢伙說：「哦，那玩意叫螞蚱咿。」這小子神氣地頂了我一句，我立刻反擊：「蠢貨！蚱蜢和螞蚱不都一樣！這且不提，你們對老師說話總是左一個『咿』、右一個『咿』，又不是大花臉在唱戲，成天『咿』來『咿』去，成何體統！」怎料這小子竟說：「好像是小旦唱戲時比較常『咿』來『咿』去……咿？」真是，這些小子只要張嘴講話，就非得用上「咿」字不可。

「螞蚱也罷，蚱蜢也罷，為什麼要藏進我的被窩裡？我幾時要你們把蚱蜢放進來了？」

「應該不是我們放的咿……」

「沒人放，怎會出現在床上？」

「螞蚱喜歡暖和的地方，大概是自己大駕光臨的咿。」

「胡說！竟敢說是蚱蜢自己大駕光臨的？蚱蜢光臨，誰受得起！為什麼要這樣惡作劇？快說！」

「要說什麼咿？我們又沒放，到底要我們說什麼咿？」

一群膽小鬼！假使自己闖的禍卻不敢承認，乾脆一開始就別做。看來，如不拿出證據，他們是打算裝傻到底了。就拿我來說吧，讀中學時也搗蛋過，但若有人問起是誰做的，我沒有一次是卑鄙地畏罪逃遁。做了就勇於承擔，沒做更是理直氣壯。即便再怎麼調皮，我向來光明磊落。如果怕受罰而撒謊，當初就不該惡作劇。要惡作劇，必得受懲罰，就因為知道會挨罰，惡作劇起來才有意思。光想搗蛋而不願受處分，這種劣根性不管上哪裡都行不通的。那些借錢不還的傢伙們，肯定從前上學時就和我眼前的這幾個小子一樣。這些人來中學究竟是為了什麼？他們進了學校，撒謊、矇騙，背地裡專幹些小鼻子小眼睛的惡作劇還自鳴得意，最後大模大樣地畢了業，就以為稱得上是個讀過書的，根本是群沒見識的小嘍囉！

再繼續和這種滿肚子壞水的傢伙交涉下去，只會讓自己心煩意亂，我於是告訴他們：「既然不肯說，我就不再問下去。都上了中學，連高尚和低劣都不懂區分，真悲哀。」語畢，就把這六個學生攆出去了。我深信自己的言行舉止雖算不得高尚，但心胸絕對遠比這群小子要高尚得多。瞧這六個學生揚長而去的架勢，表面上看來比我這個當教師的更顯神氣，然而這份鎮定自若，愈發突顯出他們的可惡之處。我怎樣都沒法像他們那般厚顏無恥。

我再度躺進了被褥裡。經過方才的一番折騰，蚊帳裡的蚊子嗡嗡直響。我懶得端起燭台一隻隻燒死，乾脆摘下蚊帳，疊成長條，在房間裡上下左右甩了甩，蚊帳掛環還好幾次狠狠地打到了手背上。直到我第三次上床時，總算比較平心靜氣了，卻遲遲無法入睡。看看錶，已經十點半了。想來想去，真不該跑到這個鬼地方來。假如當個中學教師，不管到哪裡教書都得和這種小子們打交道，未免太悲哀了。意外的是，居然還有人前仆後繼地願意來當教師，想必都是些堅忍不拔的木頭人吧。無論如何，我都沒法和他們一樣裝聾作啞。想到這裡，實在佩服阿清。她雖是個一沒讀過書、二沒身分地位的老太婆，卻有著高貴的情操。從前受她無微不至的照顧時，覺得是理所當然的，如今隻身遠赴異鄉，這才感受到受她恩惠良多。如果她真想吃越後的竹葉糖，縱使我特地跑一趟去買來送她吃，也是值得的。阿清總誇我清心寡欲，做人正直，其實她自己遠遠比我更偉大。想著想著，忽然十分思念她。

正當我想著阿清、輾轉反側之際，頭頂上突然傳來了「咚咚咚」有節奏的跺腳噪音，簡直要把二樓地板踩塌似的，感覺上約莫有三、四十人之譜，緊接著猛然爆出了震天價響的喧鬧，把我嚇得跳了起來，不曉得發生什麼事了。可就在跳起來的剎那，我赫然靈光一閃：呵呵，想必是學生們為了方才的那件事，故意這樣胡鬧來向我報復。自己做了壞事不來認錯，那罪過是不會消失的，至於做了什麼壞事，你們心裡有數。按理說，學生們應當在上床後深切反省，明天一大早來向我道歉；即使不來賠禮，也該心懷慚愧，安安靜靜地睡覺才是，瞧瞧現下這場胡鬧算什麼？學校蓋宿舍，可不是用來養豬的！囂張的行徑也得適可而止！等著看我怎麼治你們！我顧不得換下睡衣就衝出值班室，三步併兩步沿樓梯奔上了二樓。說也奇怪，方才還在我頭頂上砰砰大鬧，眼下倏然變得一片闃寂，別說是人聲，連腳步聲也杳然無蹤了，看來事有蹊蹺。油燈已經滅了，黑暗中看不清哪裡擺著什麼東西，但至少還可以察覺到人的動靜。這條東西向的長廊，連一隻老鼠都無處藏身。走廊的盡頭，月光映灑而入，遠遠望去，分外澄亮，這情景有些古怪。我從小常作夢，多次在睡夢中彈跳起來、說些莫名其妙的囈語，受過了不少取笑。記得是十六、七歲時的某天夜裡，我忽然夢見撿到了一顆鑽石，陡然站起來大聲急問身旁的哥哥剛才那顆鑽石在哪裡，此事被家人當成笑料足足講了三天，害我尷尬極了。由此推論，或許此刻我同樣身在夢中，但方才可是千真萬確聽到了吵鬧聲……。正當我在走廊上百思不解的時候，月光照進的走廊那端，驟然響起三、四十人齊聲大喊：「一、二、三、哇！」緊接著又傳來和剛剛一樣，有節奏的用力跺腳。看吧，這果然不是夢，是現實！我不甘示弱，同樣放聲大吼：「安靜點，都三更半夜了！」並且朝走廊的那一頭跑去。我只能憑藉著盡頭的月光，在這條漆黑的走廊向前奔去。我才跑了三、四公尺遠，小腿猛然撞上走廊中間一個堅硬的龐大物體，隨著一陣劇痛，身軀不由得向前撲倒在地。我咒罵一句「混帳」並且爬起來，卻跑不動了。我心裡發急，但腿腳怎麼也不聽使喚，氣急敗壞之下，乾脆用單腳跳過去。這時候，跺腳聲和喧鬧聲都消失了，靜悄悄的。再卑鄙的人也不至於下流到這種地步，簡直是豬！既然如此，我決心非把那些躲起來的傢伙拖出來認錯不可，便試著打開其中一間寢室打算進去搜索，門卻推不開，也許他們從裡面反鎖了，或者搬桌子頂住了。我推了又推，就是推不開。於是我再轉往對面朝北的寢室，仍然徒勞無功。就在我急著開門想把裡面的人拖出來時，東側那邊又開始哄鬧和跺腳了。我心裡暗忖，這群混帳早就商量好了，來個東西呼應故意捉弄我，使我一籌莫展。老實說，我這人有勇無謀，遇上這種時刻該如何與對手過招，根本束手無策。不過，雖然束手無策，但我絕不認輸。事關顏面，不能就此作罷，要是被當成江戶人沒出息，怎不教我嘔氣？值班時遭到一群乳臭未乾小子的愚弄，又拿他們一點辦法都沒有，只能忍氣吞聲，這要是讓人知道了，將是我一生的恥辱。我好歹出身旗本[14]世家，祖上清和源氏[15]更是多田滿仲[16]的後裔，天生就和這些鄉下百姓大不相同，唯獨不夠聰敏這一點有些可惜、遇事手足無措這一點有點無奈罷了。不過，縱使無奈，我也絕不認輸！因為我為人正直，所以才不曉得該如何處理。但不妨想想，人世間的爭戰，還有比正直更為強大的利器嗎？今晚未及取勝，明日得勝；明日不能得勝，後天戰勝；後天還無法戰勝，我就從住處帶飯盒來跟你們耗下去，直到大獲全勝的那天為止。我抱定決心，盤腿坐在走廊中央等待天明。儘管蚊子在耳邊嗡嗡飛繞，我也毫不在意。伸手摸向方才碰傷的小腿，黏糊糊的，該是流血了。即便真是流血，也任它流吧。這時，一股疲憊之意突然襲上身，我不由得昏昏沉沉地打起盹來。不知過了多久，忽然傳來一陣吵嚷，睜眼看去，不禁暗自連聲咒罵：「啊，可惡，糟啦！」我登時跳了起來，位在右手邊的房門半掩著，有兩個學生正站在面前。我頓時清醒過來，心頭一凜，一把抓住靠近我鼻尖那個學生的腿，使勁一拽，那傢伙順勢仰面跌了下去，活該！趁著另一個人驚慌失措的當口，我飛撲過去，按住他的肩頭重重推了兩三下，把他給嚇傻了，直眨巴眼睛。我抓起他喝令：「過來，到我房間！」這膽小鬼不敢吭聲，乖乖跟上了。這時候，天早已亮了。

我把學生帶到值班室後開始審問，但畢竟豬就是豬，任憑打罵還是一頭豬，自始至終只答一句「不知道」試圖搪塞過去，死活不肯坦承實情。不久之後，來了一

⑭江戶時代直隸於將軍家的武士階級。
⑮得到清和天皇（第五十六代日本天皇，八五〇～八八一）賜姓源氏的氏族。
⑯源滿仲（九一三～九九七），日本平安時代的著名將領，因領地位於攝津國多田，於是有多田滿仲故的別名。

個，然後再一個，學生們三三兩兩下樓來到值班室裡聚集，一個個看起來兩眼浮腫，一副窩囊樣。區區一晚上沒睡覺就成了這德行，稱得上是男子漢嗎？我要他們先去洗把臉再來解釋，可他們誰也沒去洗臉。

我便這麼和這五十多個人一問一答，談了一個小時左右。忽然間，貉子來了。後來才曉得，是校工專程去向他報告，說是學校裡出亂子了。連這種芝麻小事也要去請校長來，太膽小了，莫怪他只能在中學裡當雜工。

校長聽我大致轉述一遍，也聽了一下學生們的辯白，然後宣布：「這件事以後再處分，今天照常上課，趕快洗臉、吃早飯，否則要遲到了。」就這樣，校長讓所有的寄宿生輕易脫身了，簡直是姑息養奸。換作我是校長，一定當即勒令寄宿生全部退學。再這樣縱容下去，學生根本不會把值班教師放在眼裡。接著，校長對我說：「想必您擔憂了一整晚，已經十分疲倦了，今日就停課一天吧。」我回答校長：「不，我一點都沒擔憂！這種事就算每晚來上一趟，只要我還有一口氣在，絕不會為這種事情擔憂。今天我照常授課。如果只因為一個晚上沒睡覺就無法授課，就該扣除這天的薪俸還給學校。」校長若有所思，端詳我好半晌，這才提醒我的臉腫得厲害。原來如此，難怪覺得整張臉有些發麻，而且癢得很，肯定被蚊子叮出了滿臉包。我伸手往臉上抓個不停，一面回答即使臉部腫得厲害，至少嘴巴還可以講話，不影響上課的，校長笑著讚許我真是活力充沛。老實說，這不像是誇獎，而是在挖苦我吧。

社會上絕大多數的人
彷彿都在鼓勵學壞，
他們似乎相信，
不學壞就無法在社會上成功。

考えてみると世間の大部分の人は
わるくなる事を奨励しているように思う。
わるくならなければ
社会に成功はしないものと信じているらしい。

第五章

「你要不要去釣魚?」紅襯衫問了我。他說話柔聲細氣的，分不清是男是女，聽著很不舒服。男人講話應當像個男子漢，虧他是堂堂大學畢業生，講起話來還不如我這個讀物理學校的有氣魄，一介文學士扭扭捏捏的，實在有失體面。

「這個嘛……」我給了個不置可否的回應，他隨即問了一句無禮的話：「你釣過魚嗎?」我告訴他，自己的經驗不太多，只有兒時曾在小梅那一帶的魚池釣過三條鯽魚，還有一次去神樂坂的毘沙門堂參加祭典時釣到了八寸長的鯉魚，正欣喜時竟又讓牠「撲通」一聲溜回水裡了，這事直到現在回想起來仍覺得扼腕。紅襯衫揚起下巴呵呵笑了幾聲。我心想，何必笑得這般作態呢。「如此看來，你還沒有嘗過釣魚的樂趣呢。假使願意，我可以教你。」紅襯衫顯得頗為得意。誰稀罕你教來著！那些喜歡釣魚和打獵的傢伙們，盡是一些毫無人性之徒；若非欠缺人性，怎會以殺生為樂呢?舉凡魚蝦禽鳥，肯定希望活著而不願遭到捕殺。必須倚仗釣魚打獵來維持生計的人們自是例外，可那些生活不虞匱乏，卻非得享受殺生之樂的人，顯然是貪得無厭。我心裡雖這麼想，但對方是能言善道的文學士，根本辯不過他，只得閉口不談了。豈料這位先生誤以為講贏了我，得意地邀約：「現在就教你釣魚吧！如果今天有空，那就一道去。只有我和吉川君兩個單獨去，太沒意思了，你也一起來吧！」他說的吉川君就是圖畫教師那個陪酒郎。那個陪酒郎不曉得打的什麼盤算，一天到晚在紅襯衫家進進出出的，成天跟在紅襯衫的身後，那關係根本不是同事，而是主人和僕役。但凡紅襯衫所到之處，陪酒郎必定如影隨形，所以聽聞紅襯衫和陪酒郎一同釣魚，也沒什麼好大驚小怪的，問題是他們兩人結伴前去就好，為何還要邀上我這個不善交際的人呢？他大概認為釣魚是一種高尚的雅興，想向我炫耀自己精湛的釣技，才會百般相邀吧。我才不會被這種雕蟲小技給嚇倒，就算釣到了兩三條鮪魚，也不需看在眼裡。我也是人，即便技術不佳，只要垂下釣線，好歹總能釣上幾尾。倘若我不去，紅襯衫必然以小人之心揣度我是因為怕出醜才不敢去，而不會認為我是對釣魚沒興趣才不想去的。思索片刻之後，便回答他那就去吧。放學之後，我回住處打理了一下，再到車站與紅襯衫、陪酒郎會合，一起去了海邊。船夫僅一人，小船窄長，我在東京那邊從沒看過這種船。

上船後，我看遍了每一個角落，連一支釣竿也沒瞧見。我問陪酒郎這是怎麼回事，沒有釣竿怎麼釣魚呢？他摩挲著下巴，一派行家口吻解釋出海釣魚只用釣線就行，魚竿派不上用場。早知會挨他一頓搶白，我就不問了。

船夫看似慢慢地搖著槳，在純熟的技術下其實已駛得老遠，回頭一看，海邊的景物愈來愈小了。高柏寺的五重塔從那片樹梢上探了出來，宛如針一樣尖細。朝前方望去，一座綠色的島嶼浮在海面上，據說是個無人島，定睛一瞧，島上盡是岩石和松樹。原來如此，全是岩石和松樹，自是無法住人。紅襯衫頻頻眺望遠方，讚賞風光優美，陪酒郎也說是絕妙景致。且不說眼前這片風景稱不稱得上絕妙，的確讓人心曠神怡。在一望無際的海面上，享受著海風的吹拂，格外神清氣爽，我忽然餓了起來。紅襯衫對陪酒郎說：「看看那棵松樹，樹幹直挺，枝梢開展如傘，就像透納[17]畫作中的景物哪。」陪酒郎心領神會地答腔：「確實和透納的畫一樣呀！瞧樹枝彎曲的樣態，真的和透納的畫一模一樣！」我不知道透納是誰，反正不曉得也不礙事，便沒有作聲。船沿著小島由左往右繞了一圈，波平浪靜，難以想像我們正在海上。託紅襯衫的福，這趟出遊十分愜意。如果可行，我真想到島上看看，於是詢問這艘船能不能在那塊岩石處靠岸。紅襯衫反對，說船雖能靠岸，但要釣魚就不能離岸太近，我於是閉口不說了。這時，陪酒郎又多嘴奉承：「教務主任，依咱看，把那座小島命名為透納島吧！」紅襯衫當即贊成，還說真是妙極了，我們往後就這樣叫吧。我可不希望紅襯衫話裡的「我們」把我也算在內，真要命名，這座小島至多喚作「青島」也就行了。陪酒郎又接著說：「依咱看，若是把拉斐爾[18]的聖母瑪利亞擺到那塊岩石的上面，一定可以畫出一幅傑作的！」紅襯衫面帶奸邪地呵呵笑著，要陪酒郎別提起瑪利亞。陪酒郎看了我一眼，答稱：「哎呀，這裡反正沒旁人，不打緊的……」說完還刻意別過頭去，咧嘴而笑。一股難以名狀的厭惡，瞬時湧上了我的胸口。瑪利亞也好，以利亞也罷，總之都與我無關，你們想擺什麼、放什麼，悉聽尊便。淨說些別人不懂的事，還裝出一副反正你不懂、聽去了也沒關係的態度，真是下流的舉止！他還好意思說自己是江戶人！我想，這位瑪利亞多半是和紅襯衫

⑰ Joseph Mallord William Turner（一七七五～一八五一），英國浪漫主義畫家，擅長風景水彩畫與版畫。
⑱ Santi Raffaello（一四八三～一五二〇），義大利文藝復興時期的畫家與建築家，擅長聖母像的宗教畫。

相好的藝伎平時的代稱。想讓相好的藝伎站在無人島的松樹下，欣賞這幅佳人倚樹的美景，倒也不費事，頂好還叫上陪酒郎繪成油畫，拿到展覽會上去呢。

「這裡應該可以吧。」船夫停了船，下了錨。紅襯衫問這裡有多深？船夫說大約十來公尺。紅襯衫叨念著十多公尺深恐怕不容易釣到鯛魚，一面把釣線拋進海裡。這位仁兄竟有豪情壯志想釣鯛魚呀。陪酒郎諂媚地說：「哎呀，憑教務主任的本事，一定釣得到的，況且現在風平浪靜。」說著，陪酒郎也鬆開釣線，拋到海裡了。釣線的尾端只繫著一個秤錘似的鉛墜，沒有浮標。不用浮標要釣到魚，簡直就像是沒有溫度計卻想測溫度一樣。我在一旁看著，心想，這可怎麼釣得到呢？此時，忽然聽到紅襯衫喊了我，要我也開始下鉤，還問我有沒有釣線。我說釣線倒很多，只是沒有浮標。紅襯衫又說，非得用浮標才能釣魚的是外行人，要我學他那樣，等到釣線沉入海底以後，將食指貼住船舷，靜待釣線的動靜，當魚上鉤時，手指會有感覺的。說著說著，紅襯衫突然大喊一聲「上鉤啦」，並且急忙收線，還以為他釣到了什麼，結果啥也沒有，只是魚餌被吃了。真是活該！陪酒郎趕緊勸慰說：「教務主任，太遺憾了，剛才肯定是條大魚，連教務主任這樣的高手都讓牠給逃了，看來今天可不能大意呢。話說回來，就算讓魚逃了，總比那些盯著浮標乾瞪眼的傢伙要強得多。那些傢伙要是沒了煞車，可就騎不了自行車嘍。」這番沒頭沒腦的奇怪言論，聽得我直想狠狠揍他一頓。我也是人，這片大海又不是教務主任包下來的，地方大得很，好歹也給個面子，讓我釣上一尾鰹魚什麼的嘛。我把釣線連同鉛墜拋進海裡，隨便勾在指尖上。

不消片刻，我覺得好像有東西一下一下地碰著釣線。我想，這一定是魚，只有活的東西會這樣抖動，好極了，上鉤啦！於是我趕緊收回了釣線。陪酒郎嘲諷說：「唷，釣到了？真是後生可畏呀！」就在陪酒郎說風涼話的時候，我的釣線已經收回了大半，僅餘五尺左右還浸在水裡。從船舷往下探，一尾貌似金魚的條紋魚勾在釣線上，左搖右擺的，隨著我的拉勢浮了上來，真有意思。這尾魚一離開水面就猛力掙扎，濺了我滿臉的海水。我好不容易才將魚抓住，想把釣鉤卸下來，卻怎麼都摘不掉。抓著魚的手既黏又滑，令人十分作嘔。我嫌麻煩，揪起釣線一甩，魚身順勢撞到船腹中央，當下就摔死了，紅襯衫和陪酒郎訝異地望著我。我兩手浸到海裡嘩啦啦地搓洗了好一陣，伸回鼻前一聞，魚腥味還是沒能洗掉。我受夠了！以後不管釣上來的是什麼，我再也不想徒手抓魚了，想必魚也不願意被人抓在手裡吧。我三兩下捲回了釣線。

「第一個立下戰功雖然可喜可賀，可惜是一尾谷兒其⑲。」陪酒郎又在說大話了。紅襯衫聽了打趣道：「谷兒其這名稱，倒很像俄國文豪的名字哪。」「就是呀，聽起來就像那個俄國的文豪呢。」陪酒郎立刻附和。是啊，高爾基是俄國文豪，丸木⑳是東京芝區的攝影師，產米的植物㉑是生命的泉源。紅襯衫這人有個壞毛病，講話時總喜歡搬出一些用片假名拼音的洋人名字。人人各有其專業，衝著我這個數學教師大談高爾基還是拉板車的㉒，太不客氣了。真想賣弄學問，至少該講些我也曉得的《富蘭克林自傳》啦，或者《Pushing to the Front》㉓之類的。紅襯衫經常帶著一本叫作什麼《帝國文學》㉔的大紅封面雜誌到學校來，讀得津津有味。我問了豪豬才知道，紅襯衫引用的那些片假名拼音的洋人名字，據說全都出自這本雜誌。《帝國文學》真是一本造孽的雜誌呀。

之後，紅襯衫和陪酒郎拚了命地釣魚，兩人耗費了一個多鐘頭，總共釣起了十五、六尾。可笑的是，他們釣了一尾又一尾，全都是谷兒其，連條鯛魚的影子也沒瞧見。紅襯衫告訴陪酒郎，今天是俄國文學大豐收的日子。陪酒郎趕緊陪笑臉說，憑您的本領都只釣到谷兒其，我就更甭提，這也不足為怪嘍。我問了船夫，據說這種小魚多刺又難吃，實在無法入口，只能拿去堆肥。原來紅襯衫和陪酒郎拚了老半天，只釣到了一堆肥料呢，可憐呀可憐。我釣了一尾就受夠了，一直仰躺在船腹眺望著天空，這可比釣魚來得風雅多了。

這時，他們兩個又開始交頭接耳起來。我聽不分明，也不想去聽。我望著天空，惦念著阿清。假如我有錢，帶阿清到這種風景優美的地方遊覽，該有多開心。再美的景色，身邊的是陪酒郎這等人，只是殺風景。阿清雖是個滿臉皺紋的老婆子，但是不論帶她上哪裡，都不會失顏面；若是陪酒郎之流，不管是乘馬車、搭船、登凌雲閣㉕，統統不想和他在一起。假如今天換作我是教務主任、而紅襯衫是我，陪酒郎必定對我百般阿諛，對紅襯衫不屑一顧的。人們都說江戶人輕佻，原來該怪這批人周遊異鄉時

---

⑲學名為花鰭海豬魚，俗名紅點龍，屬於隆頭魚科。
⑳「丸木」的日語發音和「高爾基」為諧音。丸木利陽（一八五四～一九二三），日本攝影家。
㉑「產米的植物」的日語發音和「高爾基」為諧音。
㉒「拉板車的」的日語發音和「高爾基」為諧音。
㉓當時的日本中學教科書摘錄了這兩本書的部分內容。
㉔由東京帝國大學文科學生與畢業校友為主組成的「帝國文學會」於一八九五年創刊的學術文藝雜誌。
㉕坐落於當時東京淺草鬧區的一棟紅磚及木造混合建築，樓高十二層，一八九〇年竣工，於一九二三年的關東大地震崩塌。

自詡為江戶人，使得鄉下人把「輕佻」和「江戶人」劃上了等號。正當我琢磨這些事的時候，他們兩個忽然竊笑起來，在笑聲中斷斷續續地傳來的隻字片語，教人絲毫摸不著頭緒。「嗄？怎麼一回事？……」「……就是說嘛……就是因為不知道呀……真是壞心呀……」「不會吧……」「居然把蚱蜢……是千真萬確的喔……」

其他的話我一概左耳進右耳出，唯獨陪酒郎提到蚱蜢這個字眼時，不禁心頭一凜。陪酒郎似乎有意特別強調「蚱蜢」這一個詞，讓我能夠聽得仔細分明，而後面的話語又故意講得模糊不清。我一動不動地注意聆聽。

「又是那個堀田啊……」「有可能是……」「炸蝦麵……哈哈哈哈……」「……煽動……」「連糯米丸子也一樣？……」

他們的談話雖是斷斷續續的，但從交談中提到的蚱蜢啦、炸蝦麵啦、糯米丸子啦這幾個字眼來推測，必定是在背後議論我。你們真要講，就大聲講出來，既是怕人聽見，又何必邀我同行呢？這兩個傢伙真惹人厭！不管是蚱蜢還是跳蚤，總之這事錯不在我。是因為校長說留待日後處置，我才給貉子留個面子，一直忍到了現在，你這什麼都不懂的陪酒郎竟說些閒言閒語，最好還是叼著你的畫筆一邊風涼去吧。

我的事，早晚會親自解決，用不著你們假意關切。不過，他們提到的「又是那個堀田啊」還有「煽動」這幾句話，倒是讓我耿耿於懷。這意思究竟是指堀田煽動我鬧事，還是說堀田煽動學生來捉弄我，教人茫無頭緒。我仰望青空，陽光熱力漸減，涼風習習。縷縷白雲宛如線香的煙氣，在清澄的天邊緩緩舒展，不知不覺間又飄散開來，給天空披上一片淡淡的薄霧。

「該回去了吧？」紅襯衫忽然想起什麼事似的說道。「是呀，差不多該走了。您今晚要和瑪利亞小姐相會嗎？」陪酒郎問道。紅襯衫斥了一句：「別瞎說！這話會遭人誤解的！」懶懶地倚在船舷邊的陪酒郎聞言，稍稍坐直了身子辯解：「嘿嘿嘿，不打緊的，就算讓他聽見也……」說著，陪酒郎轉過頭來，不偏不倚接到了我雙眼圓瞪，朝他射去的凌厲目光。陪酒郎招架不住似地回過身去，縮脖子搔腦袋地說：「唉，我認輸嘍。」真是不知天高地厚的傢伙！

船在幽靜的海上划回岸邊。紅襯衫問我：「你看起來似乎不大喜歡釣魚？」我回答：「是呀，躺在船上仰望天空比較有意思。」說完，把剛吸幾口的捲菸扔進海裡。捲菸「滋」的一聲，在船櫓激起的水花之間隨波飄盪。「你來任教，學生都非常喜歡，你得認真教書才行。」紅襯衫忽然談起了和釣魚毫不相關的話題。「學生恐怕不怎麼喜歡我吧？」「不，這不是恭維，學生真的很喜歡上你的課。吉川君，你說對吧？」「他們豈止喜歡，簡直愛死嘍。」陪酒郎抿嘴笑著說。說也奇怪，這傢伙一開口講話，必定會惹我惱火。說到這裡，紅襯衫話鋒一轉：「不過，假如你不留意，小心惹禍上身喔。」我反嘴回應：「反正動輒得咎，就等著遭殃好了。」橫豎我早已打定了主意，結果只有二選一，不是我被免職，就是全體寄宿生向我道歉。「你這一說，不就把話說死了嗎？我身為教務主任，也是為你著想才出言相勸，你可千萬別誤會。」「教務主任完全是一片好意。咱雖人微力薄，既然同為江戶人，總是希望你能一直待下來教書，咱們也好有個照應，所以暗地裡可沒少為你出力呢。」沒想到陪酒郎也會說幾句人話。但是，真要我接受陪酒郎的幫助，還不如投繯自盡來得爽快。

「我想說的是，雖然學生非常喜歡你來上課，不過學校裡有種種複雜的情況，想來有些時候會惹你生氣，總之你得忍耐一些，堅持下去，我絕不會讓你吃虧的。」

「您說種種複雜的情況，是什麼樣的情況？」

「說來話長，你待久了就會明白，即便我不說，也會自然知道的。吉川君，你說是吧？」

「是呀，確實不是三言兩語可以講得清楚，也不是一朝一夕就能弄得明白。不過，日子久了就懂，就算咱不說，你自然也會知道的。」陪酒郎說的和紅襯衫一模一樣。

「既然是那麼麻煩的狀況，我不問也未嘗不可。是因為您先提起這個話題，我才請教的。」

「你說得很有道理。我先開了頭，又沒把話說完，的確不負責任。那麼，就透露一些吧。說來別見怪，你才剛剛踏出校門，從前也沒有教學經驗，要知道學校這種地方講究的是人情義理，老是像個書生一樣全憑是非論斷、不套交情，可是行不通的哪。」

「如果不套交情就行不通，那該怎樣才行呢？」

「瞧，你就是這般直率，這就是我說的還缺乏經驗哪……」

「我本來就缺乏經驗啊。在履歷表上也寫了，年齡是二十三歲又四個月大。」

「嗯，所以才說，你沒留神時會受人暗算。」

「只要行得正坐得端，不怕受人暗算。」

「當然不必怕，可雖說不必怕，人家還是要來放冷箭的。比方你前任的那一位就吃過虧，所以我才勸你得留神才行。」

我忽然想起好半晌沒聽到陪酒郎吭聲了，回頭一看，不知何時他和船夫在船尾那邊聊起釣魚了。沒有陪酒郎在一旁幫腔，談話容易多了。

「在我之前的那位教師，受到誰的暗算了？」

「事關個人名譽，我不便指名道姓，況且沒憑沒據的，不好講出來。總而言之，你大老遠來到這裡，若是有個差池，也就枉費我們特地聘請你的苦心了，還是請你多多留神為佳。」

「您要我留神，我也不曉得該留神些什麼。不做壞事就成了吧？」

紅襯衫「呵呵」笑了起來。我不覺得自己說了什麼好笑的話，況且直到此時此刻，我始終堅信自己的處世之道。細想起來，社會上絕大多數的人彷彿都在鼓勵學壞，他們似乎相信，不學壞就無法在社會上成功。偶爾發現一些正直而純潔的人，就對其吹毛求疵，還蔑稱人家「哥兒」或「少爺」。倘若如此，不如別讓小學和中學的生活倫理教師再繼續教「不可說謊」、「為人應正直」之類的課程了，甚至乾脆教學生「撒謊高招」、「疑人妙法」以及「設局訣竅」，這樣不但利己又有益社會。紅襯衫的呵呵發笑，是在嘲笑我的單純。拿別人的單純和直率來取笑，這樣的社會已經沒指望了。換作是阿清，這種時候她絕不會笑，而是十分佩服地聆聽。阿清可比紅襯衫高尚多了。

「能夠不做壞事當然很好，但就算自己不做壞事，如果不知道其他人如何使壞，還是要吃大虧的。社會上有的人看起來光明磊落、不求名利，還熱心地為人家尋找住處，事實上對他卻絕對不能掉以輕心……。轉涼了。畢竟入秋了哪，岸邊籠罩在深褐色的暮靄之中，這景色真美，嗯，果真是絕妙風光哪！喂，吉川君，你瞧瞧，海邊的景致多麼……」紅襯衫大聲喚著陪酒郎。「喔，果然是絕妙的風光呢！假如時間還夠，真想寫生呀，好可惜，只能用眼睛欣賞……」陪酒郎跟著大敲邊鼓。

就在港屋旅舍的二樓亮起了一盞燈、火車的汽笛鳴了一聲的時刻，我們的船划回了岸邊，船頭插進沙灘後不再動了。「您們回來得真早！」老闆娘站在海邊向紅襯衫寒暄。我「嘿」的一聲跳下船舷，回到了沙灘上。

這種傢伙應當給他綁上一塊醃醬菜用的大石頭，
沉到海底去，好爲日本除害。

こんな奴は沢庵石をつけて
海の底へ沈めちまう方が日本のためだ。

第六章

我真討厭陪酒郎。這種傢伙應當給他綁上一塊醃醬菜用的大石頭，沉到海底去，好為日本除害。我也不喜歡紅襯衫的聲音。他刻意運用天生陰柔的嗓音，裝出和藹親切的模樣來，可任憑他裝模作樣，那副尊容仍是令人退避三舍，頂多只有瑪利亞會青睞他吧。然而他畢竟是教務主任，談吐比陪酒郎來得深奧。回去以後，我想了想這傢伙的那番話，似乎不無道理。儘管他沒把話說清楚，難以參透，不過好像在暗示豪豬不是個好傢伙，要我當心。假如是這樣，明說就是了，真沒男子氣概。而且，若是那般惡劣的教師，應當盡早免職才妥當。教務主任身為堂堂文學士，個性卻軟弱得很，就連在私底下講話都不敢指名道姓，肯定是個膽小鬼。通常膽小鬼待人親善，可見那位紅襯衫也像女子一般親善吧。不過親善是一回事，嗓音又是另一回事，不能因為討厭他的嗓音，就無視於他的親善，這樣有失公允。話說回來，人世間還真奇妙，瞧著厭惡的傢伙其實和善親切，義氣相投的朋友反倒是壞蛋，真教人莫名其妙。大抵是因為這裡是鄉下地方，諸事都和東京顛倒過來吧。這裡真讓人沒法定心安居，保不準還會發生烈火凍成冰、石頭變豆腐的怪事呢。不過，那位豪豬總不至於會做出鼓動學生來捉弄我的惡作劇。聽說他在學生中最有威望，想要學生做什麼，多半都會聽他的話；可再想想，他根本不必這樣大費周章，直截了當找我吵上一架，豈不來得省事？倘使我礙著了他，他大可告訴我前因後果，要我主動辭職，這樣不是更好？什麼事都好商量呀。假如對方言之有理，我明天就辭職也行。反正又不是只能在這裡餬口，我有信心，即便淪落天涯海角，也絕不會餓死路旁。豪豬這傢伙真不開竅。

我來這裡之後，第一個請我喝冰水的人，就是這個豪豬。讓這種表裡不一的傢伙請喝冰水，簡直有損我的顏面。我喝了一杯，所以只讓他付了一分五厘錢，但就算只有一分或是五厘，欠這種騙子人情，我到死也覺得彆扭。明天一到學校，就還他一分五厘吧。我曾向阿清借了三圓，五年過去，那三圓到現在仍然沒還。不是我還不起，而是沒想還她。阿清不會把這事擱在心上，指望我快些歸還，而我也不打算當她是個外人似的，中規中矩地雙手奉還。如果我一直記掛此事，等於不相信阿清，玷汙了她的一番美意。我不還錢，並非要糟蹋她，而是把她當自家人看待。阿清和豪豬二者雖不能相提並論，但哪怕是一杯冰水或一碗甜茶，默默接受人家的恩惠，代表敬重對方是個人物，向他表達好感。其實本來僅需掏出自己那杯冰水錢，即可雙方互不相欠，卻心懷感激地由著對方做東道，這是一種有錢也買不到的答謝方式。縱使我不是高官顯爵，卻具有獨立的人格。要知道，一個擁有獨立人格者，願意躬身答謝，這可是比黃金萬兩更為珍貴的致敬呢。

我認為自己願意讓豪豬破費一分五厘錢，可說是比黃金萬兩還要貴重的謝禮了，豪豬感激都來不及，詎料他竟還在背後做出那種卑鄙的勾當，實在太不像話了！我明天去學校就還他一分五厘錢，從此不再欠他人情，然後再和他吵上一架。

想到這裡，我感到睏意襲來，於是沉沉睡去了。第二天，由於心頭揣著事情想解決，便比平時更早到學校等待豪豬，卻遲遲不見他來。青南瓜來了，漢學先生來了，陪酒郎來了。最後，連紅襯衫都來了，唯獨豪豬的辦公桌上孤伶伶地豎著一支粉筆，悄無聲息。我本來打算一進辦公室就還他，因此像上澡堂時一樣，從出門起就把一分五厘錢攢在手裡，一路帶到了學校。我手心容易出汗，到校張開手掌一看，那一分五厘錢上已是汗津津的，如果拿這種汗津津的錢幣還給他，不知道會被豪豬說什麼風涼話，於是我把錢擺在桌上吹了又吹，然後重新攢在手裡。這時候，紅襯衫走過來向我道歉，說昨天勞我陪著跑一趟了。我回答別客氣，托他的福，晚上胃口大開。接著，紅襯衫把手肘支在豪豬的桌子上，把他那張人餅臉湊到我鼻子旁，還本來還以為他要做什麼，下一瞬就聽他開口，叮囑我昨天在船上談的事要保密，還問我應該沒告訴其他人吧？看來，他不但講話像女人，還膽小怕事。我的確尚未把那些事說出去，不過現在正打算要說，而且已經準備好一分五厘錢攢在手裡了，這時才被紅襯衫封了口，讓我有些為難。紅襯衫真是的，就算他沒明講是豪豬，卻出了一道一猜即中的簡單謎面，事到如今又不希望我一語道破，這種反覆的作風太不負責了，實在有失教務主任的威信。按理說，他應該等我和豪豬正式開戰以後，理直氣壯地為我助陣，這才夠資格當學校的教務主任，不愧對他身上那件紅襯衫呀。

我回答教務主任，這事還沒和任何人提起，不過我等一下準備和豪豬談判。紅襯衫聽了大為驚慌，說我這樣胡來會給他添麻煩，又說他從來沒有向我明確數落過堀田君，要是我在學校鬧事，會造成他極大的困擾，最後還問我該不會是專程來這地方出亂子的吧？對於紅襯衫這句欠缺常識的質問，我告訴他當然不是，若是右手領月俸、左手鬧亂子，想必校方也難以處理。於是紅襯衫再次叮嚀我，既是如此，昨天的話僅供參考，可別向旁人說去。見他急得直冒汗，我只得答應下來，說自己雖然心有不甘，但如果會給他增加麻煩，這事就作罷了。紅襯衫又不放心地追問了一次，要我千萬不准變卦。真不明白他怎會那般娘娘腔，如果文學士個個都是這副德行，可真令人失望。他竟能神色自若地提出這種顛三倒四、缺乏邏輯的要求，還不信任我。我可是個頂天立地的大丈夫，親口答應的事，怎麼可能無恥地翻臉不認帳呢？

談到這裡，我鄰桌的教師都到了，紅襯衫便匆匆回去自己的座位上。他走起路來同樣忸怩作態，在屋裡走動時總是輕踮鞋底，躡手躡腳的，並以不發出半點聲響自豪。我還是頭一遭知道，原來走路不出聲是一項值得炫耀的長處呢。又不是練習當賊，還是正常走路才好。沒多久，第一堂課的上課號聲吹起，豪豬依然沒有現身。我沒辦法，只得把一分五厘錢擱在桌上，到教室去了。

第一堂我多講了些才下課，回到辦公室時，其他教師都已經坐在桌前聊天了。不知道豪豬是什麼時候到的。我以為他請假，原來只是遲到。他一看到我就說，都怪我害他今天來不及出勤，要我掏錢代他賠遲到的罰金。我拿起桌上的一分五厘錢，擺到豪豬的面前要他收下，告知這是上次在通町請喝冰水的錢。他笑著問我在講啥，但看我滿臉的嚴肅，便把錢推回了我的桌上，還要我別開這種無聊的玩笑。唷，沒想到這個豪豬是真心打算請客呢。

「我沒跟你開玩笑，是真的。我不能平白無故讓你請喝冰水，我自己出錢，你一定要收回去。」

「區區一分五厘錢也讓你這麼介意，那麼我收下也行，不過你怎會心血來潮，到現在才突然想要還？」

「不管是現在或是以後，總之我一定要還的。我不想讓你請客，錢還你。」

豪豬冷冷地望著我，哼了一聲。若不是紅襯衫央我別說，我絕對會立刻揭發豪豬的惡形惡狀，和他吵上一架不可，無奈自己已經答應人家不對外聲張，只得忍了下來。沒見我都氣得漲紅了臉，他竟以「哼」的一聲作回應，簡直豈有此理！

「冰水錢我收下，你也得給我搬出去！」

「你只管收回這一分五厘，搬不搬家是我的自由！」

「這事可不容你作主。昨天你房東先生來找我，希望你搬走。我問了緣由，他說得很有道理。不過我為了再次確認，今天早上又去那裡聽他仔細講了一遍。」

我完全聽不懂豪豬在講什麼。

「不論房東先生對你說過什麼，統統不關我的事！哪有人這樣擅作主張的呢？要是有什麼不妥，也得先把情況講清楚了再決定，怎可一口咬定房東先生說的就是實情，太不尊重我了！」

「唔，那我就照實說了。你在那裡胡來，房東家已經受不了了。房東太太只是把屋子租給你，可不是你的下女，怎麼可以伸出腿來指使人家幫你擦腳？太囂張了！」

「我什麼時候要房東太太幫我擦腳了？」

「我是不知道你有沒有讓人家幫你擦腳，總之對方不知道拿你怎麼辦才好。他們說了，房租也才十圓、十五圓的，只消賣一幅掛軸就賺到啦！」

「只會耍嘴皮的混帳傢伙！既然如此，當初為何答應租給我？」

「我不知道他為什麼要租你，大概是出租了以後，跟你合不來，所以叫你搬走吧。要你搬，你就搬。」

「用不著你來趕人！他就是磕頭求我住，我也不住！說來都怪你，誰讓你介紹這種無端找碴的地方給我！」

「天曉得是我不對，還是你不老實哩！」

豪豬的火爆脾氣不亞於我，同樣不甘示弱地扯起嗓門大喊。辦公室裡的人不知道發生什麼事了，一個個愣愣地探頭望向我和豪豬。我自認問心無愧，昂然起身，目光朝整個辦公室掃了一圈。大家都呆若木雞，唯有陪酒郎露出了幸災樂禍的笑意。直到我瞪著大眼，向陪酒郎那張乾葫蘆臉射去犀利的眼神，宛如逼問他是否也想找我吵架，陪酒郎倏然換上一副老實面孔，乖巧得很，看起來有些害怕。這時，上課號聲響了，豪豬和我同時閉口，分別去教室上課了。

下午開會，討論前天夜裡冒犯我的寄宿生該如何處分。這是我有生以來第一次參加會議，不曉得會議流程如何進行，推測大概是教職員們湊在一起，各自發表看法，最後由校長隨便做個結論就算結束了吧。所謂結論這個詞彙，應該是用於探討難以辨明對錯的情況之中。至於現在這起事件，任誰來看都會認定錯在學生，結果還要開會討論，根本是浪費時間。不論交給誰從任何角度來剖析，都不可能得到不同的結論。

像這樣事證明確，其實由校長當場做出懲戒就可以，竟還得開會決議，未免太猶豫不決了。直白地說，身為一校之長如果這樣舉棋不定，形同優柔寡斷溫吞佬的代名詞。

會議室是一個狹長的房間，位於校長室隔壁，平時是用餐室。室內有二十幾張黑色的皮椅沿著長桌四周擺放，有點類似神田的西餐小館。校長坐在長桌的一端，緊鄰在旁的是紅襯衫。聽說其他位置可以隨意就座，只有體育教師總是客氣地選擇末座。我沒把握該坐哪裡好，便在自然教師和漢學先生中間坐下了。向對面望去，豪豬和陪酒郎挨肩而坐。陪酒郎那張臉，怎麼看都覺得醜陋無比。真要找人吵架，還是拿豪豬當對手來得有格調多了。我在為父親舉行葬禮的小日向養源寺裡，曾在廂房看到一幅人物畫，豪豬的相貌就和畫中的人物十分神似。當時我問方丈那怪物叫什麼，他說是韋馱天神㉖。豪豬今天氣沖沖的，眼珠子轉個不停，不時盯著我看；我也不肯示弱，同樣張大眼睛，凶狠狠地回瞪了豪豬，心想難道怕你不成？我的眼睛雖然長得不好看，但形狀大小不輸一般人。阿清甚至常誇我眼睛大，肯定適合上台唱戲。

校長問說差不多都到齊了吧？川村祕書逐一清點人數，告知還少一位。我暗忖著誰還沒來，繼而想起當然還缺一個——那位「還沒成熟」的青南瓜君尚未出席呢。

我和青南瓜君宛如前世緣分未盡，自從見過他以後，便在我腦海揮之不去，每天一進辦公室，總要先尋找青南瓜君的身影。即使走在路上，他的樣貌亦不時浮上心頭。我去溫泉時，也經常看到白胖胖的青南瓜君，面色蒼白地泡在浴池裡。平常和他打個招呼，他總是誠惶誠恐地應聲，並且躬身回禮，那可憐的模樣教人瞧著同情。來到這所學校後，再沒有遇見比青南瓜君更老實的人了。他難得一笑，謹言慎行。我在書上讀到「君子」一詞時心想，這個詞彙只存在於詞典裡，世上根本沒這種人，可自從認識青南瓜君以後，我才深刻體會到，世間真有人配得上這個詞呢。

由於我和青南瓜君的關係不同於其他人，所以一進會議室，立刻發現了他還沒來。事實上，我原先盤算著坐在他旁邊，所以進門後特別留意他坐在什麼位置上。校長說：「那位老師應該一會兒就到了吧。」接著解開擺在面前的一只紫色綢布包，取出看似膠版印刷的文件讀了起來。紅襯衫拿絹絲手帕開始擦拭琥珀菸斗，這是他的癖好，如同他喜歡穿紅色的襯衫一樣。其他人有的和鄰座的教師交頭接耳，也有

㉖佛法的護法天神，大多以身穿甲冑的武將之姿呈現，相傳腳程極快，能日行千里。

閒得發慌的手持鉛筆尾端的橡皮擦，在桌面不停地劃記著。陪酒郎頻頻找豪豬搭話，可豪豬沒怎麼理睬他，只嗯嗯喔喔地應付幾聲，並且屢次向我投來凶狠的目光，我也不服輸地回瞪他。

就在這時，等候多時的青南瓜君滿面歉疚地進來了，並向貉子解釋自己是去辦點要事，以致於耽擱了時間。「那麼，現在宣布開會。」貉子先要川村祕書把膠印的文件分發給大家。我接過一看，第一案是關於學生的處分，其次是學生管理事項，其他還有兩三個案子需要討論。貉子照樣端出官架子，儼然一派教育家的口吻，發表了以下的談話：

「學校教師和學生所犯下的一切過錯，全都該歸咎於本人寡德所致。每當發生問題時，我內心總是深感慚愧，譴責自身有失校長之職。不幸的是，此次竟又出現暴動事件，我必須向諸君深深謝罪。然而既然事情已經發生了，就得思索做出何種處分才行。這起事件的來龍去脈諒各位均已知曉，請諸位開誠布公地提供意見，以供後續參考。」

聽完校長冠冕堂皇的發言，我由衷欽佩，心想不愧是校長，不枉我給他安上這個貉子的別名。既然校長願意一肩挑起所有責任，把過錯全都歸罪於自己的仁德未至，乾脆不必處罰學生，主動辦理去職就好了。如此一來，也沒有必要召集這種麻煩的會議了。且不說別的，單由常識判斷，整件事已經不言自明。我循規蹈矩地值班，鬧事的是學生。犯錯的既不是校長，也不是我，就是那群學生。假如真是豪豬在背後煽動的，那麼只要懲罰學生和豪豬就夠了。天底下哪有別人捅了婁子，自己偏要搶著去擦屁股善後，還口口聲聲說一切都是自己的錯？這種花槍只有貉子耍得出來。他發表完這番毫無邏輯可言的意見之後，洋洋得意地朝眾人的臉上逐一看去，但是沒有任何一個人開口。自然教師正在觀察歇在第一教室屋脊上的烏鴉，漢學先生將那份膠印的文件摺了又揭開，豪豬仍舊瞪著我看。早知道開會這麼沒有意義，不如請假去睡個午覺才不浪費時間。

我再也按捺不住，準備率先慷慨辯解一番，剛抬起半邊屁股，紅襯衫忽然講話了，我只得坐了回去。只見他已經收起菸斗，拿著那條紋絹絲手帕，一邊揩臉一邊講話。那條手帕一定是從瑪利亞那裡強行要來的。是男人，就該用白色的麻紗手帕呀。

「在聽到寄宿生暴動的消息後，同樣覺得我這個教務主任有失職守，並且對自己平時未能以仁德化育少年而深感懊悔。我之所以會這麼認為，乃是基於事出必有因的道理。當我檢視這整起事件之後想過，也許過錯不盡然在於學生；倘若再進一步追究真相，或許會發現，應該是由校方負起責任。所以，如果只根據表面上看到的狀況就嚴懲學生，反而對他們的未來成長有害。況且少年人血氣方剛，精力充沛，又缺乏判別是非的能力，說不定是在不自覺的情況下，做出了這種頑皮的行為。話說回來，對學生的處置仍然恭請校長定奪，不容吾人擅加置喙，只是懇請校長體察學生思慮未周，予以從輕發落。」

實在高招！貉子有他的一套，沒想到紅襯衫也不遑多讓。他竟然公然聲稱，學生鬧事，過錯不在學生身上，而應該怪罪教師。這就好比一個瘋子毆了別人的頭，都怪被打的人不好，瘋子才會動手打人，虧得他竟能掰出這種理論來。假如學生的精力多得無處發洩，大可到操場上去練一練相撲，豈能因為這樣就不自覺地把蚱蜢塞進被褥裡。依此推論，即便在睡夢中脖子挨上一刀，也能以「不自覺」的理由而無罪開脫吧？

想到這裡，我打算出面說幾句，但要講就得口若懸河，石破天驚，否則就沒效果了。可惜我有個毛病——在生氣的時候講話，總是講不到幾句就說不下去了。貉子和紅襯衫這兩號人物，論人品都不及我，卻都能說善辯，假使我話中露了破綻，被他們掐住痛腳，可就自討沒趣了。我於是在心裡打起腹稿來，琢磨妥當了再說。就在這個時候，和我隔桌而坐的陪酒郎突然站起來，把我嚇了一跳。不想想自己不過是個陪酒郎，竟也敢來湊熱鬧，實在不知天高地厚。陪酒郎用那一貫廢話連篇的語氣說道：「這回的『蚱蜢事件』以及『喧鬧事件』兩起罕見的狀況，使得咱們這些致力作育英才的教職員，不僅對本校前途感到憂心忡忡，並且提醒咱們身為教職員，必須藉此機會深切自省，力圖整飭全校風紀。因此，方才校長及教務主任所言，實乃中肯剴切，咱徹頭徹尾表示贊成。懇請並持寬大為懷，給予處分。」陪酒郎這段話僅僅是文字的堆砌，內容空乏，不知所云。我聽得懂的只有「徹頭徹尾表示贊成」這一句。

儘管我不懂陪酒郎說了些什麼，仍然非常氣憤，沒等打好底稿就起身發言：「我徹頭徹尾表示反對……」說完這句，後面的話一時接不上了，只能再加一句：「……我最討厭這種沒頭沒腦的處理方式了！」教職員們一聽，頓時哄堂大笑。「說到底，過錯全在學生。假如絕對不讓學生來向我道歉，他們以後會食髓知味。就算勒令他們退學也不為過。……太不懂得尊師重道了，以為新來的教師好欺負……」說完這段話，我便坐下了。這時，坐在我右側的自然教師怯懦地說：「說起來，學生的確壞，不過，不能處罰太重，否則恐怕會導致反效果吧。我還是贊成教務主任說的，從寬處理。」在我左手邊的漢學先生也說他贊成溫和解決，而歷史教師同樣贊同教務主任的意見。可恨至極，這裡的傢伙大都是紅襯衫那一派的！倘若學校是由這批狐群狗黨把持的，敢情倒讓人省心啦。我心意已決，不是命令學生來賠罪，就是我辭職走人，兩種挑一個。萬一紅襯衫的意見贏了，我馬上回住處去收拾包袱。橫豎我沒本事辯得過這幫烏合之眾，縱使這回說服了他們，還求我待下來和他們共事，我也不情願。既然不打算繼續留在學校，我才不管他們要怎麼處理這件事呢。反正一說話，他們肯定又要笑我了。我一臉不在乎，決心閉上嘴巴。

就在這個時候，始終保持沉默的豪豬霍然站了起來。我心想，這傢伙又要表示贊成紅襯衫了，反正我們彼此正在冷戰，隨你講去吧。豪豬一開口，聲如洪鐘，幾乎要撼動玻璃窗了：「我完全不同意教務主任以及其他諸位先生的發言。我之所以這樣說，是因為不論從哪一個角度看，這起事件都是五十個寄宿生看不起新來的某教師，於是刻意捉弄的行為。教務主任似乎企圖將這件事的起因，歸結於該教師的人品上，請恕冒犯，我認為這是失言。某先生這次輪值，距離他到任並不久，與學生接觸尚不滿二十天。在這短短的二十天裡，學生根本無從對這位先生的學問和人品做出正確的評價。假如學生是基於某些情有可原的理由，而忍不住對教師惡作劇，尚可斟酌從寬處理；若是毫無因由就捉弄了新來的教師，校方竟還要寬恕這些輕率的學生，我認為這將有損學校的威信。教育的目的不單單是傳授學問，與此同時，亦要培養學生高尚及正直的武士情操，摒除其鄙俗、浮躁、粗暴的惡劣習氣。假如害怕引發反效果、害怕把事態鬧大而選擇姑息養奸，那麼，這種歪風不知要到何時才能夠矯正過來。我們在學校供職，正是為了杜絕這樣的惡習，要是對此放任不管，何必來任教？根據上述理由，我認為最適當的處理辦法是除了嚴懲全體寄宿生，還必須要求他們向該教師公開致歉。」說罷，豪豬重重坐下了。全場靜默無言。紅襯衫又開始揩起了他的菸斗。我感到喜不自勝，想說的話差不多都由豪豬替我講完了。我這人就是單純，方才和他發生的爭執幾乎忘得一乾二淨。我朝已經落坐的豪豬投去了萬分感激的目光，豪豬卻對我視若無睹。

片刻過後，豪豬再次站起來講話：「剛才疏忽，有件事忘記說了，現在補充。聽說當天晚上值班的那位教員中途外出，去了溫泉一趟，我認為那樣非常不應該。

既然接下了留守校園的任務，就不能心存僥倖，利用沒人監督的機會擅自離校，況且是去溫泉那種地方洗澡，實在有失體統。學生鬧事，應當另案處理，關於這一樁過失，希望校長提醒當事人注意。」

真是個怪傢伙。才剛幫我講了好話，不到眨眼工夫又嚴詞揭短。我沒想太多，只是知道之前的值班人員曾經外出，以為這已經是慣例，所以去了溫泉。現在聽他這番指責，這件事確實是我錯了，受到批評也是應該的。於是我起身說道：「我確實於值班時去溫泉洗澡了，這完完全全是不對的，我向諸位認錯。」講完後剛坐下，眾人又是一陣大笑。我每一次開口，必定招來取笑，真是一群無聊的傢伙。你們這群傢伙根本沒勇氣像這樣公開承認自己犯了錯吧？就是因為不敢，所以總想笑話別人吧？

校長接著說，各位似乎都已經表達意見了，他會仔細考慮之後再做出處分。在此順帶提一下這件事的後續結果：寄宿生被罰禁止外出一星期，並且還要當面向我道歉。話說，假如學生當時不道歉，我就會辭職離開，問題是他們勉強照我的要求做了，後來竟鬧出更大的風波來，這是後話。除此之外，校長又宣布還有一事必須在會議上提出來。他說學生的紀律，應該由教師以身作則，其中一項就是希望教師盡量不上餐飲店。當然，舉行歡送會之類的情況是例外。總之，希望教師不要單獨出入不太高尚的場所，譬如蕎麥麵館、糯米丸子鋪等等。校長說到這裡，大家又笑起來了。陪酒郎對著豪豬擠眉弄眼，還說了「炸蝦麵」之類的字，豪豬沒有理睬他，活該！

我的腦袋不靈光，不怎麼明白貉子的話中之意，只在心裡尋思：若是當了中學教師就不能上麵館或糯米丸子鋪，那麼像我這般嘴饞的人可就做不來了。設若真有這項要求，那也無妨，只是當初應當聲明不聘任喜歡吃麵條和糯米丸子的人。沒有事先說明就給了聘書，然後才發布不准吃麵、不准吃糯米丸了這種令人錯愕的禁令，對我這個沒有其他嗜好的人，是一項非常嚴重的打擊。這時候，紅襯衫再度開口了：

「按理說，中學教師屬於上流階級，不應當只追求物質上的享受。一旦沉迷其中，就會對品德造成不良的影響。不過我們畢竟是人，來到這種鄉下小地方，倘若沒什麼消遣，大抵日子會過得很難受。因此，我們追求的消遣，應當屬於高尚的精神層面，比方釣魚、讀文學書，或者寫些新體詩和俳句等等……」

見眾人靜靜聆聽，紅襯衫愈說愈興奮了。如果出海去釣「肥料」啦、谷兒其是俄國的文豪啦，讓相好的藝伎站在松樹下啦，這些都和「青蛙跳古池㉗」同屬精神層面的消遣，那麼吃炸蝦麵、吞糯米丸子，同樣算是精神層面的消遣了。與其在這裡傳授無聊的消遣，還不如回家去洗你的紅襯衫吧！我實在太生氣了，忍不住脫口問他：「難道和瑪利亞見面，也算是一種精神層面的消遣嗎？」沒想這回誰也沒有發笑，只神色怪異地面面相覷，紅襯衫自己也難堪地低下頭了。我心想：怎麼樣，踩到你的痛腳了吧？唯一值得同情的是青南瓜君。我問完這段話之後，他本就蒼白的氣色，顯得愈發蒼白了。

㉗出自松尾芭蕉的知名代表作——「幽然古池寂，忽聞蛙躍蕩水鏡，餘音尚飄空」。松尾芭蕉（一六四四～一六九四）江戶前期俳人，生於伊賀上野，出身武士家族，主君過世後勤勉向學，遠赴江戶後成為俳壇的中心人物。死前曾至各地遊歷，留下了許多詠景俳句。

假如事態已經嚴重到了
非得去當扒手才有三餐餬口，
恐怕得仔細想想該不該活下去。

巾着切の上前をはねなければ
三度のご膳が戴けないと、
事が極まればこうして、生きてるのも考え物だ。

第七章

那天晚上我就從租處搬出來了。我回去整理行李的時候，房東太太走過來問是否有什麼不周之處，萬一是他們惹我生氣，請我直說無妨，他們會改進。這話讓人聽著錯愕，人世間怎會有這麼多奇怪透頂的傢伙呢？真不明白他們究竟是要趕我走，還是希望我留下來。這些人跟瘋子沒兩樣，和這種人吵架，有損我江戶人的名聲，因此我喚來車夫就走人。

搬是搬出來了，問題是無處可去。車夫問我要到哪裡，我腳步飛快，一面要他別問那麼多，跟著來就知道了。我心想，不如再回去山城屋來得省事，但日後還得再搬一趟，更麻煩。說不定邊走邊看，可以瞥見吉屋出租的看板呢。要真讓我給瞧見了，肯定是老天爺的意旨，命令我在那裡落腳了。就這樣，我領著車夫在清靜又合意的地帶轉了轉，最後來到了打鐵街。這裡是士族㉘公館，不會有公寓出租。正準備繞回比較熱鬧的地方時，我腦中靈光一現：我所敬愛的青南瓜君，就住在這條街上。青南瓜君是這地方的人，世居本地，必定諳熟這一帶的消息。向他打聽打聽，或許會幫我物色一處好居所。所幸我曾上他家拜訪過一次，知道位置，用不著四處探尋。我憑著依稀的記憶，找到了一間宅邸，喊了兩聲：「有人在嗎？有人在嗎？」一位年約五十的老婦人手持傳統紙燭，從屋裡走了出來。我並不討厭年輕女子，但見到老年婦女更是倍感親切。大概是因為我喜歡阿清，所以遇到老太婆都當成了阿清一般。這一位婦女應該就是青南瓜君的母親，她蓄著守寡人的及頸短髮，風韻不俗，青南瓜君和她樣貌神似。老婦人請我進去坐，我說有點事情找青南瓜君，等他來到門口之後，向他一五一十地講了原委，問他有沒有合適的住處？他同情地安慰我，尋思片刻後，告知後街有一對姓萩野的老夫妻獨自過日子，以前曾提過屋子空著可惜，託他代尋可靠的房客住進去，只是不曉得現在還有沒有出租的打算，他願意陪我一道去問問，並且熱心地帶我去了。

那天晚上，我就成了萩野家的房客。可是，在我離開伊香銀的租屋以後，陪酒郎隔天就大模大樣地搬了進去，占據了我住過的房間，實在令人瞠目結舌，嘆為觀

㉘明治維新時期的舊武士身分，其位階介於華族和平民之間。

止。或許人世間全是些騙子，靠著相互欺騙度日吧。真讓人厭煩。

倘若世道如此，我也不服輸，就依樣學著世人的做法，否則總要成天吃虧的。假如事態已經嚴重到了非得去當扒手才有三餐餬口，恐怕得仔細想想該不該活下去。話說回來，一個四肢健全的人要是投繯自盡，既對不起祖宗，傳出去也不好聽。如此想來，當初不該讀物理學校習些毫無用處的數學，應當用六百圓的本金開一個牛奶鋪才對。開了店，阿清不必離開我，我也用不著天天掛念遠方的她。以前住在一起的時候，並不覺得阿清特別，來到這鄉下地方之後，才明白阿清真是個好人。像阿清這般性情溫順的女子，怕是全日本也找不出幾個來。我動身時老婆子有些傷風，不知現在痊癒了沒。收到我上次捎去的信，想必她非常高興。算算日子，也該接到她的來信了——這兩三天裡，我翻來覆去地想的都是這些事。

我急著收信，頻頻詢問房東婆婆東京來信了沒？可每一次她總是面露遺憾地回答沒有。這對夫妻不愧是士族出身，兩位都很文雅，和伊香銀大不相同。雖然一到晚上，房東爺爺總要怪聲怪氣地唱起謠曲㉙，讓我有些吃不消，不過，他不像伊香銀那樣，每晚厚著臉皮進房來沏茶，所以住這裡輕鬆多了。房東婆婆倒是常來我房裡閒聊，還問我為何不帶著夫人一起來咿？我反問她，自己看上去像個有妻室的人嗎？天可憐見，我才二十四歲呢！房東婆婆當即反駁，說是二十四歲當然應該有夫人了咿！接著她嘮嘮叨叨地舉出足足半打例子，先說某某人年方二十就討了一房妻室啦、又說某某人二十二歲已經生了兩個娃兒啦云云，聽得我不知該如何回應，只得學著當地人的口吻，央她幫我這個已上了二十四的人作媒，房東婆婆一本正經地問道：此話當真咿？

「當真、當真！我想討媳婦想得緊呢！」

「我猜也是咿。年輕時，誰都是這樣的。」這句話簡直讓人誠惶誠恐呀，我一時無話可答。「不過，先生肯定已經有夫人了，這我早看在眼裡咿。」

「哦，可真是好眼力。您是怎麼看出來的？」

「您問我怎麼看出來的……，您不是等信等得望眼欲穿，天天問我：『收到東京捎來的信沒？收到東京捎來的信沒？』」

「佩服、佩服！您的眼力真是不同凡響！」

㉙日本傳統戲劇「能樂」的詞章。

「給我說中了咿？」

「這個嘛，或許說中了喔。」

「不過，現如今的姑娘不比從前，大意不得，您可得當心咿。」

「您這話的意思，莫非是指我妻子在東京有了情夫？」

「不不不，尊夫人必定謹守婦道，但是……」

「這樣我就放心了。既然如此，您擔心的是什麼呢？」

「尊夫人肯定沒問題……，尊夫人倒是不會有問題……」

「難道是哪個地方有誰不守婦道嗎？」

「這地方就有不少。老師，您認識遠山家的小姐咿？」

「不，我不認識。」

「您還不認識咿？她可是這一帶出了名的美人。由於長得太漂亮，學校的老師們都管她叫瑪利亞，您沒聽說過咿？」

「哦，原來是瑪利亞啊？我還以為那是藝伎的名字呢。」

「不是的，您聽我說，『瑪利亞』是個洋名字，也就是美人的意思咿。」

「您說的也許對。我真沒想到會是這樣。」

「大概是那個圖畫教師起的名字咿。」

「原來是陪酒郎起的啊。」

「不是的，是那位吉川先生起的名字咿。」

「那個瑪利亞，不守婦道嗎？」

「那位瑪利亞小姐，可不是個守婦道的瑪利亞小姐咿。」

「真麻煩。自古以來，被起了綽號的女人都不是什麼好東西，這一位大抵也是這樣的。」

「您說得一點沒錯咿。就像那些『鬼神阿松[30]』啦、『妲妃阿百[31]』啦，不都是可惡的女人咿？」

「瑪利亞也屬於那種壞女人嗎？」

㉚江戶時代後期的女賊，日本的小說、戲曲、說書皆曾以她作為故事題材，其中以歌舞伎狂言《新版越白波》最為知名。

㉛江戶時代中期的女子，原先是京都祇園的妓女，水性楊花，後被秋田藩的家臣長老那河忠左衛門納為妾，其陰險惡毒引發了藩屬家族內部的紛爭，日本的說書與戲曲皆曾以她作為故事題材，其中以歌舞伎《善惡兩面兒手柏》（俗稱《妲妃阿百》）最為知名。

「說起那位瑪利亞小姐，您聽我說，她已經和古賀先生訂下婚約了，就是介紹您來這裡的那一位古賀先生咿。」

「哦？真令人想像不到，沒想到那位青南瓜君居然有這種豔福！正所謂人不可貌相，以後不能再這樣瞧不起人了。」

「可惜他府上的老太爺去年過世了。從前他府上有錢，還有銀行股票，諸事順當如意，自從老太爺走了以後，不知怎的，日子愈來愈過不下去了，我的意思是，古賀先生太過忠厚老實，受騙上當了咿。對方想盡辦法找理由，遲遲不肯嫁過門，就在這個節骨眼上，那位教務主任出現了，說是非娶那位小姐不可咿。」

「就是那個紅襯衫嗎？太過分了！我早覺得紅襯衫那傢伙可不是個泛泛之輩。後來呢？」

「他託人去說媒，可遠山家已經把小姐許配給古賀先生，因此不好馬上回覆，只說考慮考慮咿。結果紅襯衫先生找到了門路，得以經常上遠山家走動，終於讓他得手了。紅襯衫先生不夠光明磊落，可那位小姐也有失婦道，大家都講他們的壞話咿。既然已經答應要嫁入古賀家了，瞧見學士先生出現了，就想換個夫君，您說說，這可怎麼對得起老天爺咿？」

「您說得一點不錯，豈止對不起老天爺，連城隍爺、土地公……，全都對不住呢！」

「所以，古賀先生的朋友堀田先生見他可憐，幫他去向教務主任求情。紅襯衫先生說已有婚配的姑娘，他無意橫刀奪愛，除非婚約解除，才有可能娶她為妻，但目前他只是和遠山家有往來罷了，和遠山家往來，總不至於對不起古賀先生。堀田先生聽了他這番辯解，也只得打道回府了。聽說從那之後，紅襯衫先生和堀田先生就處不好了咿。」

「您知道的還真多呀。為什麼能夠知道得這麼詳細呢?真佩服。」

「小地方，什麼事都瞞不住人咿。」

房東婆婆大小事情都曉得，反倒令我擔心起來。看情形，或許連我的「炸蝦麵」和「糯米丸子」那些事蹟她都知道了。住在這種地方真麻煩。話說回來，多虧了她，我總算明白瑪利亞指的是什麼，也弄懂豪豬和紅襯衫的關係了，可以說獲益良多。傷腦筋的是，我無法判斷他們誰是壞人。像我這樣單純的人，如果不清清楚楚分辨出孰是孰非，實在不知道該幫誰才對。

「紅襯衫和豪豬，這兩個誰是好人呢？」

「誰是豪豬咿？」

「豪豬就是堀田呀。」

「要說強壯，自然是堀田先生比較強，不過紅襯衫先生是學士，挺有本事的咿。還有，論溫文儒雅，也是紅襯衫先生來得好，只是聽說學生們都稱讚堀田先生好咿。」

「那麼，到底誰比較好呢？」

「當然是薪俸高的了不起咿！」

看來，再問下去，也問不出個結果來，我不得不到此打住了。又過了兩三天，我從學校回來，只見房東婆婆滿面笑容地說：久等了，您等的終於來了咿！說著，她送上一封信，讓我慢慢看，接著就離開了。我拿起來一看，是阿清寄來的。信封上貼著兩三張字條，細瞧之下，原來是先從山城屋轉到伊香銀，再從伊香銀轉到萩野這裡的，而且還在山城屋那裡擺了一個星期左右。難道因為那裡是旅舍，所以連信都留下來睡了幾天嗎？我開信來看，信文相當長，開頭處是這樣的：「接到了少爺的信，本想馬上回信，不巧患上傷風，躺了一個星期，所以拖到現在，眞對不起。

再加上我不像現今的小姐們能讀會寫，就連這麼醜的字，也費了我好一番折騰。原先打算央姪兒代筆，又覺得難得捎信，不親自寫，可就對不起少爺了，於是特地打了一遍草稿，然後再謄到信上。謄寫花了兩天，起草則耗了整整四天。這字讀來也許不容易懂，卻已是我拚了命寫出來的，望請看到最後。」阿清就這麼絮絮叨叨的，足足寫了四尺長。這封信確實讀來費力，不光字跡難以辨識，而且多數使用平假名書寫，單是要分辨句子的結束和開始，就相當辛苦。我個性急躁，換作是平時，即便有人拿五圓錢請我讀這種冗長又難認的信，我也必定拒絕，唯獨這一次，我卻從頭到尾讀過一遍。由於讀來十分費勁，意思不大明白，只得又從頭讀了一回。這時，房裡的光線漸漸暗了下來，比方才更不容易讀信了，我不得不走到簷廊的最前面，坐下來拜讀了。搖曳著芭蕉葉的初秋涼風，迎面拂來又捲去，把我讀到一半的信紙吹向院子，在空中飄揚飛舞，把這四尺多長的和紙吹得嘩啦啦作響，彷彿只要一鬆手，就要飛到對面的樹籬去了。可我連這些也顧不上，只管往下讀：「少爺是直筒子脾氣，我只擔心您動不動就發怒。——給人取渾名，會得罪人的，不可隨意亂取名。如果已經取了，只可在信中告訴阿清我一個。——聽說鄉下人壞心腸，你得留意，免得受人欺負。——那裡的天氣肯定不如東京舒服，當心睡覺時著涼，受了風寒。少爺的來信太短，沒法讓我知道那邊的詳情，下回捎信，至少得寫這封信一半長才好。——給了旅舍五圓小費倒是無妨，就怕往後手頭不寬裕了。去到鄉下，凡事都得用錢，要盡量節儉，以備不時之需。——也許少爺缺零花錢不方便，現匯去十圓錢。——上回少爺給的五十圓我存進郵局了，預備等少爺回東京找房子時拿來貼補，眼下扣除十圓，也還剩餘四十，不要緊的。」畢竟是女人心細。

我坐在簷廊上，由著阿清的來信隨風翻飛，陷入了沉思。這時，萩野婆婆推開房間的隔扇，送來晚飯了。「您還在看信咿？這封信還真長咿。」「是啊，這封信很重要，所以邊吹風邊看、邊吹風邊看……」我不知所云地應答，準備吃飯了。定睛一看，今晚又是煮甘薯。這家人比伊香銀來得客氣親切，又有教養，可惜伙食太差。昨天吃甘薯，前天也吃甘薯，今晚又吃甘薯。我的確曾經明白講過自己喜歡吃甘薯，可照這樣連著幾天光給甘薯吃，只怕這條小命不保。我早前還笑話過青南瓜君，看來要不了多久，我自己同樣要變成青甘薯嘍。這時候要是阿清在，肯定會讓我吃上最喜歡的鮪魚生魚片，或是醬燒魚糕，無奈住進這種吝嗇的窮士族家裡，也只能給什麼吞什麼了。我左思右想，看來非得和阿清住在一起才行。萬一會在這所學校久待下去，就把阿清從東京叫來吧。這地方一不准我吃炸蝦麵，二不許我吃糯米丸子，回到租處天天只給甘薯，吃得面黃肌瘦，當教師也未免太辛苦了。即便是禪宗僧人，也比這樣來得有口福。我吃完一盤甘薯後，從抽屜取出兩只生雞蛋，往碗邊敲開了吃下肚，算是打發了這頓飯。不吃顆生雞蛋補充營養，哪有體力應付每星期的二十一堂課呢。

今天花了些工夫讀阿清的信，耽誤了去溫泉的時間，但已經習慣每天都去，少一天都覺得不舒坦，盤算著還是搭火車去吧，於是照舊拎著那條紅毛巾，到車站一看，兩三分鐘前剛走了一班，只得再等上一會兒。我往長椅一坐，抽起敷島牌香菸，這時，青南瓜君湊巧也來了。自從聽過房東婆婆敘述那件事以後，我就對他深感同情。他平時總是謹小慎微，宛如屈居於天地之間的食客一般，看上去已經夠可憐的，但今晚的他豈止可憐呢？倘若我有能力，真想給他加上一倍薪俸，好讓他明天就可以和遠山小姐成婚，攜手前往東京旅遊整整一個月。想到這裡，我連忙起身讓座，和他打了招呼：「哦，去溫泉洗澡嗎？來來來，請這邊坐！」青南瓜君露出萬分惶恐的表情推辭：「不不不，請別客氣。」不曉得他是客套或是其他原因，仍是站在一旁。我又勸他：「下一班還得再等上一些時候，站著累人，還是坐著等吧。」老實說，我對他相當同情，希望把他留在身邊多加關照。他總算接受了我的好意，說句：「那就恭敬不如從命了。」才落了坐。人世間，有像陪酒郎那樣，狂妄自大、喜歡露臉的傢伙；有像豪豬那樣，以救世主自居，彷彿日本沒了他就要糟糕的傢伙；也有像紅襯衫那樣，抹上一頭髮蠟、以美男子自居的傢伙；還有像貉子那樣，自以為是教育至尊的傢伙。這些人各自端出盛氣凌人的架勢，唯獨這位青南瓜教師活得本分規矩，宛如遭到囚禁的人偶似的，幾乎沒人察覺到他的存在，我從未遇到過這樣的人。他的相貌儘管有些虛胖，但對這般品格高尚的人不予青睞，反而投入紅襯衫那傢伙的懷抱，可見瑪利亞是個輕浮的女子。任憑數十打紅襯衫加在一起，也抵不上這樣一位優秀的好丈夫。

「您是不是身體欠安？看起來好像相當疲憊……」

「不，我沒什麼宿疾……」

「那就好，失去健康，整個人就不行了呢。」

「您看起來挺結實的。」

「是啊，別瞧我瘦，可不鬧病，我最討厭生病啦！」

青南瓜君聽了我的話，微微一笑。

這時，車站入口處傳來年輕姑娘的笑聲。我不自覺地循聲回過頭一看，不得了嘍！一位膚色白皙、髮式時髦、身形頎長的貌美女子，和一位年約四十五、六的太太，一同站在售票亭的前面。我這人向來不擅形容美人，不知道該怎麼描述，可她真真切切是一個標致的姑娘。見到她的剎那，感覺就像把一顆浸在香水裡烘暖了的水晶球，捧握在手掌心裡一樣。那位歲數較長的太太身材矮小，但二人面貌十分神似，應該是母女。自從這兩位女子令人驚艷地現身之後，我就把青南瓜君忘得一乾二淨，只顧打量那位年輕姑娘了。就在這個時候，青南瓜君從我身旁霍然起身，緩步朝那兩位女子走去。我有些訝異，她該不會就是瑪利亞吧？三人在售票亭前略作寒暄，可惜離得遠，聽不清他們說些什麼。

我望著車站的鐘，再過五分鐘就要發車了。沒人陪我聊談，我閒得發慌，一心巴望著火車快些進站。這時候，又有一個人急匆匆地衝進火車站，我一看，原來是紅襯衫。他穿著一件輕飄飄的和服，腰間鬆垮垮地繫著一條縐綢帶子，身上照舊掛著那條金錶鍊。紅襯衫以為沒人知道那條金鍊子是假貨，成天戴著到處炫耀，可早已讓我識破了。紅襯衫一衝進站裡就四下張望，接著走向售票亭，對正在交談的三人殷勤地欠身問候，說了兩三句話後，又突然像貓一樣躡手躡腳地靠近我問道：「哎，你也去溫泉浴池嗎?我擔心搭不到車，急忙趕來，原來還有三、四分鐘。那只鐘的時間準嗎?」說著，他掏出自己的金錶看著嘟囔：「差兩分鐘。」邊說邊往我旁邊落坐，下巴擱在手杖上，目不斜視，完全沒看向那兩位女子。那位較為年長的婦人不時朝紅襯衫瞥來一眼，但年輕姑娘的視線始終望著側旁。我愈來愈肯定她就是瑪利亞了。

不一會兒，汽笛長鳴，火車進站了。候車的旅客爭先恐後地擠進車廂。紅襯衫一馬當先，衝上了頭等車廂。搭頭等車廂，其實沒什麼了不起的。到住田的頭等票是五分錢，普通票是三分錢，僅僅差距兩分錢，就連我手裡也闊氣地攥著一張白色車票[32]呢。不過，鄉下人小氣，區區兩分錢也大驚小怪，多半只搭普通車廂。瑪利亞和她的母親跟在紅襯衫後面，上了頭等車廂。青南瓜君向來只搭普通車廂，這習慣簡直和鉛版印出來的一樣，分毫不差。這位教師站在普通車廂的車門前猶豫了一下，一看到我，就毅然跳上車了。我對此時此刻的他深感同情，於是立即隨著青南瓜君進了普通車廂。持頭等票搭普通車廂，總不至於有什麼問題吧。

到達溫泉，我換上浴衣，從三樓下到浴池，又在這裡遇見青南瓜君了。每當我在開會之類的重要場合裡不得不發言時，總覺得喉頭像是被什麼堵住似的，話都講不好，平時倒是口若懸河。一見到青南瓜君，實在於心不忍，於是在浴池裡找他搭話。在這樣的時候，多多少少要給他一點安慰，算是身為江戶人的義務。無奈青南瓜君沒能體會到我的這番苦心，不管我說什麼，他只回答「是」或「不是」，而且就連那一兩個字，也應得不情不願地，最後我只得閉上嘴巴，打消主意了。

我沒在澡堂裡見到紅襯衫。話說回來，這裡有好幾處澡堂，即使搭同一班火車抵達，也未必能在同一家澡堂裡碰上，這倒沒什麼奇怪的。我洗好澡走出來，望見月色皎潔，柳樹夾道，枝條在街心映著圓影。我想散步一下，便爬上北坡，走向郊外。我的左手邊有一座大山門，向門內看去，盡頭是一間寺院，左右兩側則是成排的青樓。妓院竟開在寺院裡，這簡直是千古奇聞。我雖很想進去開開眼界，又擔心

㉜日本當時的車票顏色分兩種，白色的是頭等車廂，紅色的是普通車廂。

會在開會時遭到貉子的刁難，只得作罷，過門不入了。山門旁邊有一間帶有格子小窗的平房，門上掛著黑色的店簾，我就是在那地方吃了糯米丸子，才會備受批評的。懸在門前的圓燈籠上寫著紅豆年糕湯、菜肉年糕湯等字樣，燈火映著屋簷不遠處的一棵柳樹。我很想駐足品嘗，終究還是忍下食欲，從門前走了過去。

沒辦法吃到喜歡的糯米丸子已夠嘔氣，萬一是自己的未婚妻移情別戀，真不知有多麼沮喪呢。一想到青南瓜君受的氣，甭說是糯米丸子，就是讓我三天吃不上飯，也沒什麼好抱怨的。世上最靠不住的就是人了。瞧瞧那張面孔，怎麼也想像不到會做出那般無情的事情來——漂亮的女人薄情寡義，腫得像冬瓜的古賀先生卻是位善良的君子。世風日下，大意不得。原以為直率的豪豬，傳聞是他煽動學生鬧事的；可就在我以為是他煽動學生的時候，他又逼迫校長必須處罰學生才行。那個令人厭惡到極點的紅襯衫，反倒分外親切和藹；正當覺得紅襯衫對我這個異鄉客費心叮嚀的時候，他卻去對瑪利亞花言巧語；可要說紅襯衫花言巧語拐騙瑪利亞，他又宣稱除非古賀退婚，才會娶她過門。還有，伊香銀刻意刁難，把我趕出來，怎料陪酒郎居然立即搬了進去。我左思右想，人終究是靠不住的。若是把這些事寫進阿清的信裡，她肯定嚇一跳，或許還會說：這一切都是因為我到了比箱根更遠的荒野之地，難怪會遇上一大群牛鬼神蛇。

我從小就不把事情往心上擱，樂天知命地活到了今天，可是來到這裡只怕還沒滿一個月，就感到事事都得提防當心。儘管我沒碰上什麼嚴重的事故，卻彷彿一下子老了五、六歲。看來，還是早早收拾行囊回返東京，才是上上之策。就在腦中轉著這些念頭之際，不知不覺已經過了石橋，來到野芹川的河堤上。說是河川，聽起來像是條大河，其實寬度只有兩公尺左右，水流潺潺。沿著河堤向下流出一公里多，就會到達相生村，村裡供奉著觀音菩薩。

我回頭望向溫泉小鎮，月光下亮著紅色燈火，至於鼓聲肯定是來自青樓了。河水雖淺，但流得既急又快，彷彿有些神經質似地閃動著粼粼波光。我在河堤上悠然而行，走了約莫三百多公尺遠，看到前方出現了人影，就著月光可以看出是兩道人影，大概是洗完溫泉澡後要回去村裡的年輕人。但奇怪的是，那兩人既不哼也不唱，靜默得很。

我繼續向前走去，發現自己的腳程比他們快，那兩道人影愈來愈清晰，其中一個像是女子。當我們雙方相距二十公尺左右時，另一位男士可能是聽到了我的腳步聲，霍然回過頭來，月光從我背後灑落，我看見了那個男士的長相，頓時又驚又疑。

那對男女旋即按方才的方向，邁開了步伐。我心中有了打算，立刻以最快的速度追了上去。對方沒有覺察任何異狀，依然悠緩地漫步堤上。我和他們之間的距離，已經近得能清楚地聽見交談聲了。這座河堤寬約兩公尺，勉強容納三人並肩而行。我毫不費力地追上他們，與男士擦身而過，向前衝出兩步後猛然轉身，直視著那位男士的面孔。月光迎面映來，把我從平頭到下巴照得一清二楚。男士低低地驚呼一聲，趕緊側過臉催著女子該回去了，兩人於是轉身，朝溫泉小鎮的方向走了回去。

這紅襯衫究竟是打算厚著臉皮佯裝沒看到，還是因為心虛而不敢和我打招呼呢？看來，住在小地方感到有所不便的，不單是我一個了。

就算要吵架，
和一個正直的人吵起來也痛快。

真直なものは
喧嘩をしても心持ちがいい。

第八章

自從紅襯衫那次邀我一起去釣魚，回來後我開始對豪豬起了疑心。再加上他不講道理地要我搬出租處，更覺得這傢伙簡直太可惡了。但是，他在會議上主張嚴懲學生的慷慨陳詞，委實出人意表，令人摸不著頭緒。當我聽到萩野婆婆提到豪豬為青南瓜君仗義執言，找紅襯衫談判的時候，又忍不住拍手叫好。按此看來，豪豬不會是壞人，紅襯衫才是邪魔外道。正當我懷疑紅襯衫似乎把無中生有的事說得繪聲繪影，還拐彎抹角地塞進我的腦袋瓜裡時，碰巧讓我撞見了他帶著瑪利亞在野芹川的河堤上散步，從那之後，我就認定紅襯衫是個不好惹的角色了。當然了，他究竟好不好惹，我一時還說不準，總之不是個好人，而且是表裡不一的傢伙。人，就得和竹子一樣正直，否則是不牢靠的。就算要吵架，和一個正直的人吵起來也痛快。千萬不能小看像紅襯衫那樣貌似溫文儒雅、和藹親切、品格高尚、喜歡擺弄琥珀菸斗的人，這種人不會輕易給別人找到藉口和他爭吵。縱使真吵起來了，恐怕也不能像回向院㉝的相撲那樣，鬥個痛痛快快。相較之下，那個為了一分五厘錢和我僵持不下、鬧得全辦公室為之側目的豪豬，反倒有人情味多了。在會議上，他用那雙銅鈴大眼凶狠地瞪著我時，曾把我氣得牙癢癢的，等到事過境遷，我才發覺總比紅襯衫那種嬌柔的撒嬌聲要來得好多了。老實說，在那次會議結束後，我原本打算和他言歸於好，試著主動攀談了幾句，可這傢伙不理不睬，依舊瞪著我看，惹得我十分懊惱，不想再搭理他了。

從那件事以後，豪豬不再和我說話了。還給他的那一分五厘錢，到現在還擱在他桌上，落著一層灰。我自然不會去動它，可豪豬也絕不拿走。這一分五厘錢成了我們兩人之間的一堵牆，我想找他說話卻開不了口，而豪豬也頑固地不肯打破僵局，結果這一分五厘使我和豪豬同樣如鯁在喉。到後來，我一到學校瞧見這一分五厘錢，就渾身不對勁。

㉝位於目前東京都墨田區的淨土宗寺院，明治時期是比賽相撲的重要場所，一九二〇年國技館正式落成啟用，成為相撲比賽的專用場地。

豪豬和我絕交了，相對地，紅襯衫卻依然和我維持原本的往來。在野芹川撞見紅襯衫的隔天，我一到學校，他就立刻蹭過來寒暄，問我這回的租處如何，又邀我下回再一起去釣「俄國文學」云云。我對紅襯衫有些不滿，於是對他說昨天晚上見過兩次面呢。他回答：「是呀，在車站遇到的，……你通常都挑那個時間出門嗎？未免太晚了吧！」我不讓他裝傻，當面拆穿我們在野芹川的河堤上也碰見了。他又答稱：「不，我沒到那裡，去過澡堂以後就馬上回來了。」這傢伙真會睜眼說瞎話！他到底在隱瞞什麼呢，我分明見到他了呀！假如這種人可以當中學的教務主任，那我豈不也能勝任大學校長了。從這一刻起，我再也不相信紅襯衫了。我和不信任的紅襯衫可以交談，卻不和我所欽佩的豪豬講話，天底下居然有這種怪事。

有一天，紅襯衫要我去他家一趟，說是有話告訴我。我有些遺憾去不成溫泉了，在四點左右出門到他那裡。紅襯衫雖是單身，畢竟是教務主任，早就搬出了寄宿公寓，住進一戶門面氣派的宅院，聽說房租是九圓五角。來到鄉下，花上區區九圓五角錢，就能住在這般門面氣派的屋宅裡，那麼我也想揮霍一下，把阿清從東京叫來，給她個驚喜。我在屋前叫了門，出來接待的是紅襯衫的弟弟。他這個弟弟是本校的學生，我教他代數和算術，成績極差，還是個外地人，比土生土長的鄉下人更是壞心眼。

我見到紅襯衫，問他什麼事找我，這老兄仍是啣著那只琥珀菸斗，呼出焦臭的菸氣，這樣說道：「自從你來了之後，學生的成績比上一位任教時更有起色。能夠找到這樣一位人才，校長也相當欣喜。學校對你頗為器重，期盼你要多加努力。」

「哦，這樣嗎？可是我現在已經盡全力了……」

「像現在這樣就行了。還有，請別忘了我日前和你提過的那件事。」

「您的意思是，要我當心那個幫忙找住處的人嗎？」

「這麼露骨，事情就讓你給講白了……，也罷，你懂我的意思就好。校方全看在眼裡，只要繼續這樣賣力教學，過些日子，等有了機會，應該多多少少會幫你調薪的。」

「哦，您是說薪水嗎？薪水多寡倒是無所謂，若是可以加薪，多一些自然來得好些。」

「所幸這回恰巧有人調遷，……當然，這事現在不能向你拍胸脯保證，得先和校長商量才行。我打算幫你去和校長說一說，也許可以從新到任教師的薪俸裡挪出一些給你呢。」

「非常感謝。是誰要調任呢？」

「反正就快公告了，告訴你也沒關係吧。要調遷的是古賀君。」

「古賀先生……，他不是本地人嗎？」

「是本地人沒錯，這事有些因由，有一半是他本人的要求。」

「要調去什麼地方？」

「日向的延岡㉞。那地方偏僻，所以薪俸升了一級。」

「有人來接任嗎？」

「接任的教師差不多定下來了。就是因為這次的人事異動，才得以幫你調薪。」

「哦，這樣好，但是不必勉強幫我加薪。」

「總之，我會去向校長報告，校長應該也會同意。今後恐怕得請你多多擔待，希望你先做好心理準備。」

「要增加授課時數嗎？」

「不，說不定比現在還少……」

「授課時數減少，又必須比現在賣力，我不懂。」

「乍聽之下確實不解，可我現在又不好對你明講……，哎，意思是可能會讓你承擔更重大的責任。」

我愈聽愈糊塗了。說說比現在更重大的責任，那就是數學主任了；但主任目前是豪豬，他那傢伙可是不會輕易辭職的。再說，他在學生當中頗具威信，將他調任或免職，對學校都沒好處。紅襯衫說話總是像打啞謎。雖說猜不出謎底，總之正事算是談完了，接下來就隨意聊談。紅襯衫瑣瑣碎碎地提到要為青南瓜教師辦歡送會啦，問我酒量如何啦，又說青南瓜教師是正人君子值得欽佩云云，最後他話題一轉，問我平時作不作俳句？我暗叫一聲糟，連忙說不會，便匆匆告辭離去了。俳句這玩意是松尾芭蕉或剃頭師傅的消遣哩，連個數學教師也得吟上一句「牽牛繞水井㉟」的，

㉞現今日本九州宮崎縣的延岡市。

㉟語出江戶時代加賀千代女（一七〇三～一七七五）的知名俳句「嬌艷牽牛花，紫露晶瑩縈清井，惜花借水去」（Donegan and Ishibashi, 1996, p172）。

誰受得了！

回家後，我陷入了沉思——世上怎有這種莫名其妙的人？對任教的學校沒有不滿，偏把自家老宅放著不住，離鄉背井，遠去外地受苦。倘若那是有電車運行的繁華都市也就罷了，為何要去日向的延岡那種地方呢？我連來到這個船運通暢的村鎮，都不到一個月就想回去了。據說延岡是一處深山老林、人煙罕至的僻境。聽紅襯衫說，那地方從搭船上岸了以後，還要坐一整天馬車到宮崎，再從宮崎搭一整天人力車，才到得了。單聽地名，就不像個有文明的地方，恐怕人猴數量各占一半。縱使青南瓜君是聖人，總不會甘願與猴子為伍吧，真是個怪傢伙。

這時，房東婆婆按時送晚飯來了。我問今天還是吃甘薯嗎？她回答不是，今天是豆腐咿。這兩種東西根本沒什麼分別。

「婆婆，聽說古賀先生要去日向呢。」

「實在可憐咿……」

「您同情他，可那地方是他自己想去的，沒辦法呀。」

「自己想去的？誰想去咿？」

「您問誰想去咿……他本人啊！不就是古賀先生這個怪人自己要去的嗎？」

「哎，您完全誤會了咿！」

「我誤會了？但這是方才紅襯衫告訴我的呀！那若是誤會，紅襯衫不就成了吹牛大王？」

「教務主任先生說得在理，可古賀先生不願去也沒錯咿。」

「婆婆這麼說，兩邊統統對，誰都不偏袒呢。究竟是怎麼回事？」

「今天早上古賀家的老太太來了，把隱情一五一十全說了咿。」

「她說了什麼隱情？」

「自從她家老太爺過世以後，日子不如我們認為的寬裕，不大好過。老太太向校長求情，說古賀已經教了四年，能不能把每個月的俸祿加一些些咿。」

「有這事呀？」

「校長說他會好好考慮。老太太也就放了心，一天天盼著這個月還是下個月能多領些回來。有一天，校長把古賀先生叫了去，到那裡以後，校長告訴他：『很遺憾，學校經費不足，沒辦法幫你加薪，不過延岡那邊恰好有個空缺，每個月可以多領五圓，我想那正是你要的，已經給你辦妥手續，去就行了。……』」

「那哪裡是商量，根本是命令呀！」

「是哪。古賀先生說，他不想去外地教書多領薪，希望繼續待在這裡，領現在的俸祿就好。這裡有屋宅，還能奉養母親，求校長讓他留下。可是校長說這事已經決定了，而且接替古賀先生的人選也找好了，沒辦法改了咿。」

「哼，豈有此理，欺人太甚！這麼說，古賀先生根本不想去嘍？難怪我想不通。世上哪有才加薪五圓，就願意到深山老林裡和猴子住一塊的糊塗蟲呀！」

「糊塗蟲？先生，這話是什麼意思咿？」

「啥意思都好！可惡，這一定是紅襯衫的詭計，太不磊落，簡直是乘虛而入！居然還敢說要給我加薪，這算什麼！就算要給我加薪，誰要收這種臭錢！」

「先生要加薪了咿？」

「他說要給我加薪，可我打算回絕。」

「為什麼要回絕咿？」

「說什麼都得回絕！婆婆，那紅襯衫是混帳、是小人！」

「就算是小人，我說，要給您加薪，還是老老實實收下為好咿。年輕時動不動就發火，等到上了歲數回頭想想，總會後悔當初要能忍一忍該多好，都怪生氣才會吃了虧。您還是聽我這老婆子的話，紅襯衫先生既然要給您加薪，您道謝收下便是咿。」

「您這把年紀就甭多管閒事了！薪水是增是減，那是我的錢！」

房東婆婆閉上嘴巴離開了。房東爺爺又在悠然自得地唱起了謠曲。謠曲就是把原先一讀就通的文句，譜上艱深的曲調，存心讓人聽不明白的玩意。真不懂這種玩意房東爺爺為何能天天不厭其煩地唱了又唱。眼下我可沒閒情逸致欣賞謠曲。紅襯衫說要給我加薪，我並不是非要不可，但既然有多出來的錢，不拿白不拿，這才答應了下來；但是，這筆錢的來源竟是把不願意離開的人強迫調走，從他的月薪裡掏出一部分給我，這種缺德錢我怎能收呢？他本人都說照現在這樣就行了，為什麼非把他發配到延岡那種地方去呢？就連太宰權帥㊱也只是淪落到博多一帶，而河合又五

㊱此處指醍醐天皇時代因藤原時平的讒言，而遭貶謫為太宰權帥的菅原道真（八四五～九〇三）。太宰府設於筑前國（現今九州福岡縣），負責治理九州以及和大陸之間的外交事宜，長官為太宰帥，若任命親王擔任，則由權帥代行職務。

郎[37]至多是躲到相良逃命罷了。總而言之，我一定要去找紅襯衫一口回絕，否則良心不安。

我穿上小倉織布的褲裙，再次出去了。到了那個氣派的大門前一叫門，同樣又是紅襯衫的那個弟弟來應門。他一看是我，便露出「怎麼又來了」的表情。就是有事才登三寶殿，沒談妥前哪怕多跑幾趟我都要來，就算是半夜三更也要把你揪出被窩呢！紅襯衫的弟弟誤會大了，以為我是上教務主任家來阿諛奉承的，我可是來告訴紅襯衫：「大爺我不希罕加薪！」的。紅襯衫的弟弟說家裡現在有客人，我告訴他在玄關說句話就行，他便進去傳話了。等候時低頭一看，地上擱著一雙帶著藺草面的薄板斜齒木屐。這時，屋裡傳來「這下就萬事大吉了」的說話聲，我當下明白了來客就是陪酒郎，只有陪酒郎才會發出那般尖細的嗓音，也才敢穿這種戲子用的木屐。

過了一會兒，紅襯衫手持油燈，親自來到玄關邀我進去，說屋裡的不是外人，是吉川君。我推辭在這裡講幾句就走，還瞧見紅襯衫滿臉通紅，想必正和陪酒郎喝上幾杯。

「方才您說要給我加薪，我現在改變了主意，特地來回絕的。」

紅襯衫把油燈湊向前打量我的臉，他對這突如其來顯得有些茫然，一時無話可說。不曉得他究竟是因為天底下居然跑出一個傢伙回絕加薪而大感不解，抑或覺得縱使要拒絕也犯不著剛回家就立刻折返而難以置信，或者是上述二者兼而有之呢？總之他神情古怪地愣在原地。

「剛剛之所以答應，是因為聽說古賀先生是自己願意調任的……」

「古賀君完全是出於自己的意願，在學期中調遷的。」

「不是那樣的，他想待在這裡，照原本的薪水也沒關係，他想待在家鄉。」

「你是聽古賀君親自這樣說的嗎？」

「這麼嘛，我倒不是聽他本人說的。」

「那麼是從哪裡聽來的呢？」

㊲（一六一五～一六三四），江戶時代備前岡山藩（現今岡山縣）的藩士，因殺死同為藩士渡邊數馬之弟渡邊源太郎，引發藩屬與將軍直屬武士之間的糾紛，先逃至九州相良，其後被一路追到伊賀國（現今三重縣）遭到了誅殺。

「是房東婆婆今天告訴我的，她從古賀先生的母親那裡聽來的。」

「這麼說，是租處的房東婆婆說的嘍？」

「唔，沒錯。」

「恕我直說，這樣講就沒道理了。按你的意思，聽起來像是相信房東婆婆的話，卻不相信教務主任的話——我這樣解釋沒錯吧？」

這下我有些困窘了。紅襯衫畢竟是文學士，嘴上乾坤的功力實在不凡，掐住破綻，步步進逼。父親常數落我冒失鬼、沒出息，看來我果真處事莽撞呀。聽房東婆婆這一說，我立刻火冒三丈地衝來這裡，期間並沒有去向青南瓜君或他母親證實整件事的來龍去脈，以致於當這位文學士來上一記迎頭棒喝時，有些招架不住。

儘管表面上招架不住，我心裡早就不信任紅襯衫了。房東婆婆雖是貪心的吝嗇鬼，但絕對不是個會撒謊的女子，不像紅襯衫那樣表裡不一。無奈之下，我只好這樣回答：

「您說的也許是事實，總之我婉拒加薪。」

「那就更說不通了，你現在專程跑來，看來是由於發現了無法接受加薪的理由，我已經解釋過那個理由不成立了，可你仍是拒絕加薪，讓人有些難以理解呢。」

「或許難以理解，反正我就是拒絕！」

「既然你堅持不要，我自然不會勉強。只是才過了短短的兩三個小時，沒有特殊的理由就突然變卦，這將影響到你日後的信用啊。」

「就算會影響信用，我也不在乎。」

「話別說太早，一個人的信用是至關重要的。退一步來講，那位房東先生……」

「不是房東先生，是房東婆婆！」

「是哪一個說的都無妨。即便房東婆婆告訴你的是事實，可你的加薪並不是從古賀君的薪俸挪過來的。古賀君會去延岡，有位接任教師要來遞補，接任教師的薪俸比古賀君的少一些，之間的差額就撥給你了，所以你不必覺得對不起誰。古賀君去延岡任教是高升，新來的教師也早已談妥了較低的薪俸，這一來剛好給你加薪，我認為沒有比這樣更周到的方案了。你不要也行，不過，要不要回去再仔細考慮一下呢？」

我腦袋不靈光，換作是以前，對方這一番天花亂墜，我就以為是自己理虧，惶恐地認錯退下，可今天晚上絕不能退卻。打從我剛到這個村鎮時，便對紅襯衫沒有好感，期間一度認為他只是和女人一樣待人，但後來發現那根本不是出於善意，於是愈發覺得厭惡。所以，不論他方才講得多麼有理有條，還擺出教務主任的官架子來恫嚇我，我都不會屈服。能言善道的未必是好人，拙於辯駁的未必是壞人。表面上看來，紅襯衫振振有辭，可縱使貌似冠冕堂皇，卻無法令人由衷敬佩。假使能以金錢、權勢和詭辯來收買人心，那麼放高利貸的、警察和大學教授，就該是最受歡迎的人物了。單憑一個中學教務主任程度的淺薄論述，豈能讓我改變心意呢？人的行動是依循自己的好惡，而不是根據理論闡述。

「您說得固然有理，但我就是不願意加薪，所以還是要拒絕，再讓我回去考慮答案還是一樣。再見。」我扔下這段話便走出大門。仰望天際，一道銀河橫跨蒼穹。

假使能以金錢、權勢和詭辯來收買人心，
那麼放高利貸的、警察和大學教授，
就該是最受歡迎的人物了。

金や威力や理屈で人間の心が買える者なら、
高利貸でも巡査でも大学教授でも
一番人に好かれなくてはならない。

第九章

為青南瓜君舉行歡送會的那天早晨，我一到學校，豪豬忽然說了一大段話向我道歉：「前陣子伊香銀來抱怨，受不了你不講理，請我告訴你搬走，我信以為真，要你搬出去，後來才聽說那傢伙很壞，經常在假畫上偽造落款，強迫推銷，所以你的事肯定也是捏造出來的。他原本打的算盤是想強迫你買掛軸和骨董，撈上一筆，結果你沒理會，他見無利可圖，於是編造謊言來騙人。我不了解他的為人，實在對不起你，請原諒。」

我一言不發，拿起豪豬桌上的一分五厘，收進了自己的錢包裡。豪豬一臉不解地問我怎麼拿回去了，我向他解釋：「唔，我早前不想讓你請客，因此堅持還你，後來想了又想，還是接受這份心意為好，所以才收回來的。」豪豬縱聲大笑，問我既然如此，為何不早點拿走呢？我說一直想著要收回去，可又怪不好意思的，就這麼擱著了，但是最近一到學校，看到這一分五厘錢就渾身不對勁。他說我的脾氣真倔強。接著，我們兩個就聊起來了。

「你到底是哪裡人？」

「我是江戶人。」

「唔，江戶人啊，怪不得老是不服輸。」

「你是哪裡的？」

「會津[38]。」

「原來是會津漢子啊，難怪這樣固執。今天的歡送會，去嗎？」

「當然去，你呢？」

「我當然會去！古賀先生啟程的時候，我還打算送他到碼頭呢。」

「歡送會有意思得很，你去瞧瞧就知道。我今天可喝個痛快！」

「你要喝就喝吧，我吃了菜就馬上回去。喝酒的傢伙都是混帳！」

「你這人動不動就要跟人吵起來，果真是江戶人的急性子顯露無遺。」

[38] 江戶時代的舊稱，位於現今日本福島縣。會津人以性格剛強著稱。

「隨你說吧。去歡送會前，順路到我家一趟，有話跟你講。」

豪豬依約來到了我的租處。這些日子以來，我每一次見到青南瓜君，總對他寄予無限的同情，到了開歡送會的這天，更是覺得不忍心，甚至想過如果可以，我真希望代替他去。因此，我想在這場歡送會上慷慨陳詞一番，以壯其行色，可惜自己這一口句句帶髒字的粗魯江戶腔，實在登不了大雅之堂，於是心生一計，不如央託聲如洪鐘的豪豬，挫一挫紅襯衫的銳氣，這才特地請他來一趟的。

我首先從瑪利亞的事件談起。當然，瑪利亞的事，豪豬比我了解得更透徹。我告訴他野芹川河堤上的那一幕，還啐了聲混帳，豪豬提出異議，說我衝著誰都叫混帳，今天在學校不也叫過他混帳嗎？豪豬強調，假如他是混帳，那麼紅襯衫就不是混帳，因為他和紅襯衫不是同路人。我從善如流地改了口，稱紅襯衫是沒腦袋的窩囊廢，豪豬大表贊同，認為我說得挺傳神的。豪豬儘管強悍，但罵人的話知道的遠不如我多，會津漢子大概都和他一樣吧。

接著，我提起紅襯衫要給我加薪，以及將來會重用我的事。豪豬從鼻子噴出一聲哼，說道：「這麼說，他準備把我革職啦。」我問豪豬：「他打算革你的職，你願意被開除嗎？」「誰願意啊？要是我被開除了，非得讓紅襯衫陪我同歸於盡不可！」豪豬說得威風凜凜。我又反問他：「你有什麼法子讓他一起被開除呢？」豪豬答道：「這個我還沒想到。」豪豬儘管強悍，但似乎有勇無謀。我告訴他回絕加薪的事，這老兄高興得很，直誇我「好樣的！不愧是江戶人！」

我問豪豬：「既然青南瓜根本不想走，為什麼不幫他想辦法爭取留下來呢？」他滿懷遺憾地說道：「當我從青南瓜口中知道這件事的時候，已經是定局了，我雖去跟校長及紅襯衫各交涉了兩次和一次，還是無法改變他們的決定。再加上古賀是個老好人，旁人實在施不上力。其實在紅襯衫一跟他開口時，他就該斷然拒絕，或者敷衍地回答考慮一下，怎料他沒能招架住紅襯衫的三寸不爛之舌，當場就答應下來了，以致於他母親之後再去哭訴求情，還有我去幫忙交涉，全都無濟於事了。」

我說這件事想必全是紅襯衫的陰謀，把青南瓜趕走，才好把瑪利亞弄到手。「一定是這樣的。那傢伙一副道貌岸然，背地裡卻壞事做盡。即便事跡即將敗露，他也早已準備好一套說詞了，實在老奸巨猾。對這種傢伙，只有賞他幾記鐵拳才管用。」說著，豪豬捋起衣袖，亮出了精實的胳膊。我順道問他：「你的手臂真壯，有練柔道嗎?」這老兄當即握拳使勁,在兩條胳膊上擠出了隆起的肌肉,讓我抓抓看。我伸出指尖按了按,硬得像澡堂裡用來搓腳皮的浮石一樣。

我佩服得五體投地,於是問道:「憑你這兩條胳膊,就算五、六個紅襯衫一起衝上來,也能一口氣把他們摔飛出去吧?」「那還用說!」說著,他把彎著的胳膊伸了又屈、屈了又伸,那塊隆起的肌肉就在皮膚下面來回滑動,瞧著很是痛快。豪豬親口證實,自己曾把兩根紙繩捻在一起,綁在這塊隆起的肌肉上,把胳膊用力一屈,紙繩啪的應聲綳斷了。我說:「若是紙繩,我也辦得到。」「你行嗎?那就來試試吧!」我擔心紙繩斷不成,傳出去沒面子,決定作罷。

「如何?今晚的歡送會,你要不要喝個痛快以後,把紅襯衫和陪酒郎揍一頓?」我半開玩笑地建議。「這個嘛……」豪豬沉吟片刻,「今天晚上暫且放他們一馬吧。」我問他為什麼,他說:「今晚要是動粗,對古賀過意不去。再說反正遲早要揍,就得趁那兩個傢伙幹壞事時當場抓住揍人才行,否則倒成了我們理虧。」沒想到豪豬的思慮比我來得周延。

「既然如此,你就來一場演說,極力讚揚古賀。我這口江戶腔顯得輕浮,不夠一本正經，況且我一到正式場合，胃裡就翻江倒海，一路湧上喉嚨像鯁著個大丸子，連話都說不出來，還是交由你來講吧。」聽我這般描述，豪豬問道：「你這毛病可真怪，這麼說，你在一群人面前就開不了口嘍？挺麻煩的吧？」我答道：「沒的事，沒什麼不方便的。」

兩人這麼聊了一陣，赴約的時間到了。我和豪豬聯袂前往會場。地點訂在花晨亭，是當地數一數二的餐廳，可我一次也沒光顧過。據說那裡原是昔日諸侯重臣的府邸，買下以後便開張做起了生意，外觀的確宏偉堂皇。重臣的府邸成了餐廳，好比把武士作戰時的披肩外罩重新縫製，改成了穿在外衣下的內棉襖似的。

我們兩人抵達的時候，人數差不多到齊了。來客三兩扎堆，坐在五十鋪席大的宴會廳裡。畢竟是五十鋪席，格外寬敞，我住在山城屋的那個十五鋪席客房，根本不能相提並論。這裡丈量起來，約莫有三至四公尺寬，廳裡的右側擺著一只紅色紋飾的瀨戶[39]瓶，裡面插著大松枝。我不曉得插上松枝有何用意，大概是可以維持好幾

㊴位於日本中部的愛知縣，自古以出產陶器著稱，在日文中有時用於泛指陶瓷器。

個月不會凋落，經濟實惠吧。我問自然教師，那只瀨戶瓶是來自哪個地方的？自然教師回答，那不是瀨戶瓶，是伊萬里[40]瓶。我反問他，伊萬里和瀨戶不都一樣嗎？自然教師嘿嘿嘿地笑了起來。後來我才知道，只有在瀨戶生產的陶器，才會冠上瀨戶的地名。我是江戶人，一直以為瀨戶是陶瓷器的通稱。壁龕正中掛著一幅中堂，書有二十八個字，字字都足有我臉盤大，筆法拙劣。我覺得太糟糕了，便請教漢學先生為何把這麼難看的東西掛在如此顯眼的位置？漢學先生告訴我，那是一位名為海屋[41]的知名書法家揮毫的。管他海屋是哪一號人物，反正我到現在還是覺得那字寫得真醜。

不多時，川村祕書請大家就座，我找了一處有柱子可倚背的位置坐了下來。貉子穿上外褂與褲裙的傳統禮服，端坐在那幅海屋的中堂前方；紅襯衫也穿著傳統禮服，隨侍左側；而右手邊則是今天的主賓青南瓜教師，同樣是一身和服。我穿的是西裝，不方便跪坐，沒多久便改為盤腿了。在我旁邊的體育教師畢竟訓練有素，一樣穿著黑西褲，卻能正身端跪。不久之後就上菜了，酒壺也一起送了上來。歡送會的幹事站起來，致了簡短開場詞，接著是貉子起身、紅襯衫起身，依序致詞歡送。這三人不約而同地稱讚青南瓜君是好教師啦、大好人啦，離開本校實在令人遺憾，不論是校方或是個人，無不深感惋惜，無奈他基於私人理由而極度盼望調任，不得不答應他的要求云云。這群人竟然膽敢在歡送會上連篇謊言，面不改色，其中尤以紅襯衫對青南瓜君更是讚譽有加，說什麼「失去如此良友，實令人痛心疾首」，而且口吻煞有介事，本就聽似真切的語調愈發不捨，但凡初次聽他講話的人，任誰都要信以為真。他或許就是憑著這一招，勾引到瑪利亞的吧。正當紅襯衫發表送別感言時，坐我對面的豪豬朝我使了一個眼色，我也以食指扒開下眼瞼[42]，當作回應。

紅襯衫才剛坐下，豪豬便迫不及待地霍然起身，我過於欣喜，不禁使勁鼓掌。結果貉子和在座的人齊齊朝我看來，頓時有些尷尬。我全神貫注聆聽豪豬接下來的演說，他是這樣說的：「方才從校長到教務主任，無不對古賀君的調任表示深感遺

㊵位於日本九州佐賀縣，自古以出產瓷器著稱，紋飾鮮豔多彩。
㊶貫名海屋（一七八八～一八六三），日本江戶時代的文人書法家。
㊷做鬼臉表示輕蔑、不齒。

憾；但我和他們想法不同，希望古賀君盡快離開此地。延岡位處邊陲，比起這裡，食衣住行想必諸多不便。不過，聽說那裡民風極為純樸，教職員和學生都還保有古樸的遺風。我相信在那樣的地方，像那種口蜜腹劍、面善心惡、陷害好人、愛趕時髦的傢伙，連一個也不會有。如同古賀君這樣溫良敦厚之士，肯定會大受當地居民的歡迎，我衷心祝賀古賀君調任成功。最後，我希望古賀君赴任延岡之後，在當地擇選一位君子好逑的淑女，盡早建立一個圓滿的家庭，用實際行動讓那個不守婦道的野女人羞愧而死！」語畢，豪豬還用力咳了兩聲，這才歸了位。我原本又想鼓掌，但討厭大家盯著我瞧的眼神，只得作罷。豪豬剛坐下，換青南瓜教師站了起來。他恭謹地離開座位，走到末席，畢恭畢敬地向眾人欠身致意，接著開口說道：「此次基於個人原因，決定前往九州，承蒙諸位先生為在下舉行如此盛大的歡送會，委實銘感五內。尤其方才得到了校長、教務主任以及其他先生的臨別贈言，感激不盡，永誌難忘。我雖即將遠行，仍盼望諸位先生如常關照，幸勿見棄。」說罷，他伏地致謝，這才回到了座席。真不知道該用什麼言語來形容青南瓜君的忠厚善良了。都已經受到了這樣的欺負，還對校長和教務主任恭敬有禮地致謝。假如只是形式上客套客套就算了，可從他那態度、措辭、和神情看來，似乎是由衷表達謝意。讓這樣一位聖人君子認真地道謝，任誰都要愧疚臉紅，然而貉子和紅襯衫卻只是面容嚴肅地拜聽而已。

一番致詞結束之後，只聽得席間到處傳來「滋嚕滋嚕」的喝湯聲。我也學著喝了一口，味道很差。前菜裡有魚糕，看來是烤焦了的輪狀魚糕。盤裡還擱有生魚片，卻是切得太厚，簡直像生啃著鮪魚塊一樣。儘管如此，坐在我左右的傢伙卻大快朵頤，我想他們都不曾品嘗過江戶美饌吧。

不久，席間觥籌交錯，頓時熱鬧了起來。陪酒郎走到校長面前，恭敬地領了賜酒，真是個討厭的傢伙。青南瓜君依次敬酒，看來要向每人敬上一杯，辛苦得很。青南瓜君來到我的面前，正襟端坐時利索地理了褲裙的衣摺[43]，央請我互敬一杯。穿著西褲的我，只得忍著不適，換成跪坐，敬了他一杯，對他說自己才來不久，就要和他

[43]日本傳統男士禮服的褲裙為百褶型式，且布料硬挺，因此在正身跪坐時，必須雙手比手刀姿勢，順勢滑至身後將褲裙的後片塞進膝腿間夾坐，坐姿才顯得有精神。

道別，實在遺憾，並且問他幾時動身，一定要讓我送他到碼頭。青南瓜君辭讓，說百忙之中千萬別撥冗前去。但不管青南瓜君說什麼，我都決定要請假為他送行。

過了一個小時以後，宴會已經相當鬧騰了，語無倫次的人開始一個、兩個地出現了「哎，喝一杯嘛……」「咦，我是讓你喝呀……」之類的對話。我覺得有些無聊，離席走向廁所，途中就著星光欣賞傳統庭院的景致時，豪豬也出來了，一臉得意地問說他剛才的演說還行吧？我表示不滿，說是通篇都好，只有一處不喜歡。他問我不喜歡哪一句？

「你說，延岡沒有那種口蜜腹劍、面善心惡、陷害好人、愛趕時髦的傢伙……，對吧？」

「唔。」

「只講他是愛趕時髦的傢伙還不夠啦！」

「那要怎麼說？」

「應該說『你這個愛趕時髦的傢伙、騙子、老千、偽君子、奸商、飛鼠、狗腿子，要是會汪汪叫，就是跟條狗一樣的東西！』」

「我的舌頭可沒你那麼靈光，好厲害，單是罵人的話就知道那麼多！有這功夫卻沒法演說，真奇怪。」

「沒什麼，這些是特地備來吵架用的，要我上台演說，可沒辦法講得那麼順溜。」

「是哦，聽你這一串講得挺順口的呀？再來一遍試試。」

「要聽幾遍都沒問題，聽好了——你這個愛趕時髦的傢伙、騙子、老千……」

我才說到一半，簷廊傳來了啪嗒啪嗒的腳步聲，有兩個人步履蹣跚地跑過來了。

「兩位太過分了，莫非想逃酒不成？有我在，絕不讓你們輕易躲開！來啊，喝吧！」「老千？有意思！真是太有意思啦！來來來，快喝啊！」

他們不由分說地把我和豪豬使勁拽走。其實這兩人都是來解手的，但是已經醉了，忘了自己要上廁所，只管拉著我們回去。喝醉的人大概只顧得上眼前看到的，先前要做的事全都忘個乾淨。

「各位請注意，我們把老千抓過來了。來啊，灌酒！灌他們個不醉不歸！你們休想逃！」

說著，把根本沒打算逃的我壓到了牆上。我往四下打量，每一張食案上都僅餘殘羹剩肴了，還有人把自己那份吃得精光以後，跑去遠到十公尺外的食案上索討吃食。校長已經不見人影，不知道什麼時候走了。

「請問是這個宴會廳嗎？」三、四個藝伎問著走了進來。我雖有些訝異，但由於仍被壓制在牆面上，只能拿眼盯著她們瞧。這時，原本倚坐在壁龕柱子上、得意地啣著那支琥珀菸斗的紅襯衫，倏然站起身子打算離開宴會廳，迎面而來的一位藝伎與他擦身而過時，笑著向他問了安。那是這群藝伎當中最年輕漂亮的一位。由於距離太遠，聽不清說些什麼，大概是「是您呀，您好」之類的寒暄。紅襯衫佯裝不認識，走出去之後就再沒進來，大抵是隨著校長回去了。

藝伎一來，宴會廳裡頓時熱鬧起來，眾人歡聲雷動，迎接她們的到來，吵雜得很。有的傢伙在玩猜數目的遊戲㊹，吼聲之大簡直像在練習刀法；這一頭則在划拳，邊划邊嚷，雙手猛揮，比起達克劇團㊺的線控木偶還來得技巧純熟；對面角落則晃著酒壺大喊「喂，斟酒！」旋即又改口叫喚「酒啊！酒啊！」，鬧得天翻地覆。唯獨青南瓜君一人無事可做，低頭沉思——眾人為自己舉行這場歡送會，並不是要幫即將調任的自己惜別，只是藉機飲酒作樂而已，就自己一個與這場面格格不入，十分苦惱。

這樣的歡送會，不如別辨來得好。

一陣子過後，大家開始此起彼落地拉起破鑼嗓子，紛紛唱起歌來了。一個藝伎抱著三弦琴來到我跟前，要我隨意來上一曲。我說不會唱，要她唱，她於是開口唱道：「敲起鑼來打起鼓，迷路的三太郎回來吧，咚咚鏘、咚咚隆咚鏘，若是敲鑼打鼓能找回，奴家也要敲起鑼來打起鼓，咚咚鏘、咚咚隆咚鏘，去尋那思念的心上人呀……」這一大段唱詞，她中間只換了一口氣就唱完，接著嬌嗔了聲「把我累壞了哪」。那麼累的話，何不換支容易些的小調呢？

這時候，不知何時坐到了我旁邊的陪酒郎，又操起他那口說書人的語氣說道：「小鈴和朝思暮想的人才見上一面就走了，可憐呀可憐！」那藝伎一臉傲然地反駁：「您說什麼呀？」陪酒郎又不知趣地用令人生厭的聲音，學起義太夫[46]小調來了：「久別又重逢，誰知……」「少貧嘴！」藝伎朝陪酒郎膝頭拍了一掌，卻見陪酒郎笑得

㊹將豆子、石頭或木片等物握在手裡，相互猜測數目的遊戲。
㊺英國木偶劇團「D' ARC」，成立於一八六九年，最早於一八九四年赴日公演，此後頻繁造訪日本演出。
㊻竹本義太夫（一六五一～一七一四）於江戶時代創始的一種淨琉璃小調。

心花怒放。她便是方才與紅襯衫打招呼的那位藝伎。被藝伎打了一下還笑得那般開心，只能說陪酒郎是個活寶。「小鈴，咱要跳《紀伊之國[47]》，妳來幫忙彈彈三弦吧。」陪酒郎興致大發，居然還想跳舞。

坐在對面的漢學老先生，咧著那張沒牙的嘴大唱：「傳兵衛相公，奴家可未聽聞，我倆情意……」唱到這裡還順利，可惜老人家忘性大，忽然忘了詞，問藝伎：「接下來哩？」另一位藝伎纏著自然教師說：「近來流行的是這支曲子，我來彈一段，您可得好生聽著哪！」說到這裡，藝伎便唱了起來：「花月髮髻美，繫上白緞帶顯時髦，騎的是自行車，彈的是小提琴，半吊子英語嘰哩咕嚕講：I am glad to see you！」自然教師大讚這首歌挺有意思，還摻了英語呢。

豪豬突然拉開嗓門，連聲叫喚藝伎發號施令：「我要舞劍，快給我彈三弦琴！」幾位藝伎被這粗暴的聲音嚇得沒能答腔。豪豬逕自抄起手杖，來到宴會廳中央，一邊以杖代劍，一邊吟誦詩句，表演起他的獨門絕活來：「踏破千山萬岳煙[48]……。」這時，陪酒郎已經跳完了《紀伊之國》，再跳完了《滑稽小調》，又跳完了《架上的不倒翁》，全身上下僅餘一條越中式樣的兜襠布，腋下夾著棕櫚帚，在宴會廳裡來回踱步，嘴裡唱起「日清交涉告吹了……」，跟個瘋子沒兩樣。

打方才起，我便對始終拘束地穿著褲裙正襟危坐的青南瓜君，感到無限的憐憫。縱使這是為他舉辦的歡送會，也沒必要穿上全身禮服，忍受眼前這一幕纏兜襠布跳裸體舞的情景，於是走到他身邊勸他離席：「古賀先生，該回去啦。」結果青南瓜君一動不動地說：「今天大家來歡送我，我先回去的話太失禮了。您別客氣，請先回吧。」「您跟這些人客氣什麼，要真是辦歡送會，就得有個歡送會的樣子，您瞧瞧這場面，根本是瘋人大會。我們走吧。」他無意離去，我勉強帶他走，正要踏出宴會廳，卻被陪酒郎揮著掃帚，殺過來叫嚷著：「喂！身為主賓怎麼可以先走啊！現在可正在日清交涉，不許走！」並且將掃帚打橫握著，阻擋了我們的去路。我從剛才起滿肚子火，忍不住衝著他大吼：「真要是日清交涉，你就是清國奴！」不由分說就朝陪酒郎的腦袋瓜賞了一拳。陪酒郎嚇傻了，愣了兩三秒後才回過神來喊道：

㊼明治時期流行曲的名字，因開頭一句「紀伊之國在音無川的水上」而得名。
㊽語出齋藤一德《題兒島高德書櫻樹圖》上的第一句。

「哎呀，不得了啦，您怎麼打人啦！咱這吉川承蒙賞打，真是愧不敢當哪！這下日清更得深入交涉了呢！」就在陪酒郎這番胡言亂語之際，豪豬瞥見出了亂子，停下舞劍飛奔過來，一見狀便猛然揪住陪酒郎的頸子拖走。「日清……疼死人啦！這可是動粗呀！……」他想掙扎，身子卻被豪豬往旁一扭，「砰」的一聲摔到地上了。後來事態如何發展，我就不曉得了。我和青南瓜君在歸程的途中道別，回到租處時已是十一點多了。

信這玩意，只有在出了事的時候，
比方通報死訊或病訊時，才會派上用場的。

たよりは死んだ時か病気の時か、
何か事の起った時にやりさえすればいい訳だ。

第十章

今天是戰役大捷慶祝日，學校放假。由於慶祝典禮要在操練場舉行，貉子必須率領學生參加，我身為教員亦需隨隊前往。到街上一看，到處都是太陽旗，幾乎眼花撩亂。本校有多達八百名學生，因此由體育教師整隊，班與班之間留些間距，安插一兩名教員督導秩序。這種安排看似周到，卻很不實際。學生都是些自以為是的孩子，認為不違反紀律面子就掛不住，即便安排再多的教員都派不上用場。這些學生不等下達命令就唱起軍歌，一唱完又胡亂歡呼，簡直像一群流浪武士招搖過街似的；不唱軍歌也不歡呼的時候，便嘰嘰喳喳講個不停。按說，不講話也能行走無礙，可日本人偏是個饒舌的民族，縱使對他們再三訓誡，仍是自顧自地說個沒完。況且他們並非日常閒聊，全在講教師的壞話，真不入流。我上次那起值班事件發生之後，學生來賠過罪，心想就原諒他們吧，沒想到完全不是那麼回事。這情況若由房東婆婆來說，簡直是「錯到天邊去嘍」。學生並非由衷後悔才來道歉的，而是校長有令，不得不佯裝認錯罷了。這就好比商人成天鞠躬哈腰，依舊花招百出一樣，學生道歉歸道歉，調皮搗蛋照樣一樁不落。仔細想想，這世間或許就是由學生這類人群聚而成的。人們的道歉和賠罪若是全盤信以為真，予以寬恕，那就是個不折不扣的大傻瓜了。道歉只是嘴上說說，寬恕也只是隨口敷衍——要這樣想，才不會處處上當受騙。假如要對方真心悔過，就得嚴厲懲罰，直到他真心悔過才行。

我一走進班與班的間距位置，「炸蝦麵」、「糯米丸子」等揶揄聲就不絕於耳。問題是學生眾多，無法分辨是誰說的；即使發現了，他們肯定會狡辯說「炸蝦麵」和「糯米丸子」都不是在諷刺老師，是老師精神過敏又多心，才會這樣疑神疑鬼。這種劣根性，是本地人早從封建時代養成的習氣，任憑規勸、教育，依然無法導正。若在這裡待上一年，保不準連純真無瑕的我，也會被迫跟著同流合汙。我可不是個傻子，遭到對方用指桑罵槐的手法抹黑，卻只一笑置之。他們是人，我也是人。他們雖是學生、是孩子，個頭卻比我高大，怎能不以懲罰來回敬他們呢？然而，如果我用尋常手段回敬，他們就會反抗報復。若是指責他們不對，他們也早準備了一套說詞反駁。他們透過辯解，把自己說得合情合理，繼而攻擊我的不是。既是要給他們一個教訓，我在說明時勢必要羅列罪狀，否則形同無理取鬧了。如果不這樣做，情況就會變成分明是對方先動手，但看在世人眼裡，卻以為是我設局挑釁的，這於我十分不利。可若是因此就姑息養奸，放縱這些散漫的無用之人，他們只會愈發胡作非為，說得誇大一些，未來將會危及社會大眾。迫於無奈，我只得以其人之道還治其人之身，採取滴水不漏的手段回敬。但是如此一來，我這江戶人也就跟著玉石俱焚了。儘管會玉石俱焚，可我畢竟是人，要是飽受整整一年的窩囊氣，哪裡還顧得了那麼多，只能選擇同歸於盡這一條路了。看來，我還是早早回返東京和阿清住一起，方為上策，待在這荒郊野地，簡直是自甘墮落，就算回東京當個送報的，也比在這裡繼續沉淪來得強。

正當我反覆尋思、百般不願地隨著隊伍前進之際，突然間，前方傳來一陣鬧騰，隊伍也跟著停下了腳步。我覺得事有蹊蹺，便從右方走出隊伍，朝前望去，只見先頭隊伍被堵在大手町和藥師町的交叉口，和另一支隊伍相互推過來擠回去，發生了爭執。體育教師從前面走來，沿路聲嘶力竭地喝令：「安靜！安靜！」我問他出了什麼事，他說中學和師範兩校的學生在街口起衝突了。

據說中學和師範學校的學生，不論在哪個縣裡都一樣水火不容，確切的原因不明，總之校風不同，雙方時有爭執。大抵是鄉下地方小，閒得發慌，當作消遣來打發時間吧。我生性好鬥，一聽到發生了衝突，立刻過去湊熱鬧了。愈接近前方，聽見隊伍前面的學生頻頻叫罵：「靠地方稅[49]養的傢伙，滾！」後面的人則大喊：「衝啊！衝啊！」我在學生堆裡左鑽右閃，眼看著就要到街口時，忽然聽到一聲高亢的號令：「齊步——走！」只見師範學校的隊伍重又莊嚴肅穆地前進了。顯然兩校的衝突已經有了結果，也就是中學讓步了。據說，按階級而言，師範學校在中學之上。

戰役大捷的慶祝典禮非常簡單：旅長致詞，縣知事致詞，與會者高呼萬歲，這樣就結束了。餘興節目於下午表演，期間的空檔時間我先回到住處，給惦念已久的阿清回信。她叮囑我這次要寫得詳細些，所以我必須盡力用心回覆。可是等到攤開信紙，準備下筆時，想說的事卻是千頭萬緒，不知該從何寫起才好——寫這一件呢，解釋起來麻煩，寫那一樁呢，似乎乏味無趣。我尋思再三，有沒有寫來輕鬆又不費

[49] 師範學校的費用是從地方稅中支取的。

勁、又能讓阿清覺得有意思的事呢?結果連一件都想不出來。我研墨,蘸筆,盯著信紙……,半晌過後,我仍是盯著信紙,再蘸筆,又研墨……,就這樣來回重複相同的動作好幾趟,最後終於放棄,明白自己根本不是寫信的那塊料,闔上了硯蓋。寫信實在麻煩,不如回東京見面暢聊來得省事。我也知道阿清的心情,可真要按照她的要求回信,簡直比要我三星期不吃飯還來得難捱。

我扔開紙筆,朝後躺倒,枕著手臂望著院子,對阿清的掛念依然揮之不去。我心想,即便與阿清相隔遙遠,只要惦記著她,她一定能感受到我的心意,而既然能傳情達意,又何需捎信去呢?阿清應該知道,沒收到信就代表我平安度日。信這玩意,只有在出了事的時候,比方通報死訊或病訊時,才會派上用場的。

這塊院子約莫十坪大,地面平整,沒特意種植珍貴的花木,只有一棵橘樹高出了圍籬,從外面一眼就能瞧見,我每天返家以後,總是時刻望著這棵橘樹。一個從未離開過東京的人,看著橘子的生長過程,很是新奇。青綠色的果實逐漸成熟,當轉成黃橙色的時候,該有多麼漂亮。現在已經有半數的橘子顏色變了。聽房東婆婆說,這橘子汁多味美,還說等橘子熟了,讓我盡量多吃。我打算每天吃上幾顆。再

第十章

過三個星期，應該就能吃了。我總不至於在這三週之內就會離開這裡吧。

正當我盤算著幾時能吃橘子時，豪豬忽然造訪，他說今天是戰役大捷慶祝日，因此買來牛肉和我一起打打牙祭，說著就從衣袖裡掏出一只竹葉小包，扔到房內榻榻米的正中央。我每天在租處只能吃甘薯和豆腐，又被禁止上麵館和糯米丸子鋪，一見到牛肉喜出望外，馬上向房東婆婆借來鍋子和糖，動手烹煮起來。

豪豬大口大口地嚼著牛肉，問我知不知道紅襯衫有相好的藝伎？我說當然知道，不就是前些天為青南瓜舉行歡送會時，到場的其中一個藝伎嗎？豪豬說就是那姑娘沒錯，還說他自己是直到這陣子才發覺到，對我的機靈相當稱許。

「那傢伙三句話不離『道德品性』、『心靈饗宴』，背地裡卻和藝伎在一起，太不像話啦！假如他同樣寬以待人，倒也罷了，可你連上蕎麥麵館和糯米丸子鋪，他都批評是形同違反校規，還透過校長開口警告，不是嗎？」

「嗯，按那傢伙的想法，嫖妓屬於心靈饗宴，而吃炸蝦麵和糯米丸子則是享受物質吧。若真是心靈饗宴，儘管可以大大方方，但瞧瞧那副鬼鬼祟祟的德行！相好的藝伎一來，他就立刻離座，逃之夭夭，設法掩人耳目，真讓人看不下去。一旦別人質問他，他就說不知道，還扯上什麼俄國文學啦、俳句和新體詩猶如手足啦，教人霧裡看花，摸不清真相。像他這樣的懦夫，根本不配當男人，簡直是宮女投胎的，說不定他的老子是湯島的相公[50]呢！」

「湯島的相公，什麼意思？」

「這個嘛，橫豎說的是沒有男子氣概的傢伙吧。……哎，那邊的還沒煮熟呢！吃了要長條蟲的！」

「是嗎？應該不打緊吧。對了，聽說紅襯衫常私下到溫泉鎮的角屋，和藝伎幽會呢。」

「角屋？是那家旅舍嗎？」

「旅舍兼飯館。所以要狠狠教訓他一頓的話，最好掐準他帶藝伎進那家旅舍時來個活逮，當面質問。」

「你說要掐準時間，不就得值夜班監視嘍？」

「唔，角屋前面不是有家叫『枡屋』的旅舍嗎？去租個面街的二樓客房，在紙窗上捅個洞來監視他。」

「他會在我們監視的期間來嗎？」

「應該會來吧。反正不能只守一個晚上，得下定決心，守上兩個星期才成！」

「那太累啦。我啊，在父親臨終時曾徹夜照顧了一個星期左右，之後就整個人昏昏沉沉的，難受得很。」

「身體有些疲憊也無妨，要是放任那種惡棍繼續為非作歹，可是會危害國家社會的，我要替天行道！」

「好極！既是如此，我也來助陣。那麼，從今晚就開始值夜班嗎？」

「還沒和枡屋旅舍談妥，今天晚上是不成了。」

「那，你打算從什麼時候開始呢？」

「最近就會準備就緒。反正我會通知你，到時候你得來幫忙。」

「好，我隨傳隨到。動腦子我不行，打起架來可不含糊。」

我和豪豬正在討論懲治紅襯衫的計畫，房東婆婆進來說，來了一個學生想見堀

---

⑤0 江戶時代以男妓為職業的美少年。

田老師一面，他剛才到先生府上沒找到人，猜測在這裡，就找來了咿。房東婆婆跪在門檻前，等候豪豬的回覆。豪豬應了聲：「是哦？」就去了玄關，不一會兒又回來說：「哎，學生來請我去看下午的餘興節目，說是今天從高知縣特地來了一大群人表演舞蹈，難得一見，邀我務必觀賞，你也一塊去吧。」豪豬興致勃勃地勸我同行。論舞蹈，我在東京看得多了。每年舉行八幡大神的祭典時，我住的地方也會搭起露天戲棚表演，所以〈挑海水女〉之類的舞劇我全都看過，像土佐[51]那種亂跳一通的鄉下舞，我實在沒興趣，可是豪豬熱情相邀，我也來了興致。出了大門一看，前來邀請豪豬的學生，居然是紅襯衫的弟弟，這傢伙怎會來邀我們呢？

走進會場，簡直就像回向院的相撲比賽場地，抑或東京本門寺的法會一般，整個會場布置著數不清的五彩長旗，不但插滿地面的每個角落，甚至懸掛在縱橫交錯的繩索上，彷彿借來了全世界的國旗似的，使得偌大的天空頓時熱鬧起來。東邊一隅有一座連夜趕搭的舞台，聽說那個高知的什麼舞蹈就是要在那上面表演的。距離舞台右方約莫五十公尺處，以蘆葦簾圍了一塊地方，展示著花藝作品，眾人在裡面看得聚精會神，可說穿了全是些沒意義的東西。假使單是把竹條和草葉扭來彎去，便足以樂在其中，還不如去炫耀自己有個駝背的情夫或跛腿的丈夫呢。

舞台的正對面不停地施放煙火，從煙火當中出現了氣球，上面寫著「帝國萬歲」。氣球緩緩地飄過了松林間的瞭望台上空，落進了軍營裡。緊接著是砰的一聲，一團黑色的東西咻的劃破了秋空，在我頭頂上爆裂開來，青煙迸散如傘骨，一條條融入了蒼穹。然後，又有氣球升上來了，這回是紅底留白的字，寫著「陸海軍萬歲」。氣球隨風翻飛，從溫泉小鎮飄去了相生村，大抵會落在那間觀音寺的院內吧。

上午舉行典禮時人還不多，現在卻是一片萬頭攢動，鬧騰得很。我實在沒想到鄉下地方竟然住著這麼多人。雖然鮮少瞥見貌似聰穎的面孔，但數量上卻完全不容小覷。不久之後，那個頗有名氣的什麼高知舞蹈開始了。聽說是舞蹈，我滿心以為像是藤間流派那樣的，結果根本不是那麼回事。

只見舞台上一群漢子雄赳赳地扎著頭巾，穿著上寬下窄的褲裙，十人一列，排成三列，每列十人。這三十人個個手握出鞘的刀，望之膽寒。前後列之間僅留約莫

---

(51) 日本高知縣的舊名。

一尺五寸，與左右兩方的距離恐怕更近。其中只有一人離開隊伍，站在舞台邊。這位落單的漢子雖也穿著褲裙，但既沒有扎頭巾，也沒有握刀，而是在胸前掛上一面大鼓，就是伴奏雜技用的那種鼓。這名漢子旋即「咿——啊——」地以悠長的聲調唱起奇特的曲子，還隨著歌聲咚咚擊鼓，但是曲調十分古怪，我從沒聽過。若把它想作是三河萬歲[52]加上普陀洛[53]，也就相去不遠了。

這支曲子分外冗長，就像夏季的麥芽糖一樣，黏稠稠的，那咚咚敲擊的鼓聲便是用來斷句的，所以乍聽雖是連綿不絕，仍算得上節奏分明。三十名漢子手中的刀子隨著節拍迅速揮舞，閃動著白森森的亮光，看得我膽戰心驚。每名漢子前後左右的一尺五寸以內，都站著另一個活人，而對方也和自己一樣手握利刃，同步揮舞，這時若是稍有差池，便會砍傷隊友。倘使原地立定，僅是上下前後揮刀，倒也安全，可這三十人有時還要一齊跨步側身，時而旋轉，時而弓步，假如身旁的隊友快一秒或慢一秒，只怕自己的鼻子會被割掉，或是旁邊那顆腦袋要被砍下來。手中的刀看似恣意揮舞，實在侷限於在一尺五寸的柱狀範圍裡，並且所有動作的方向、速度，都必須和前後左右的隊友如出一轍才行，怎不教人驚奇。諸如〈挑海水女〉或〈關戶〉

那類舞蹈，根本難望項背。打聽之下，才知道若非極度熟練的功夫，根本無法達到這樣渾然一體的境地。尤其難得的是那個伴奏萬歲小調的打鼓師傅，三十名漢子的走步、揚臂、下腰，無一不是聽令他的鼓點指揮。表面看來，這位老兄一派悠閒，只是「咿——啊——」地輕鬆哼唱，實則責任重大，格外勞心，想來真是奇妙。

我和豪豬嘆為觀止，正看得入神之際，忽然間，約莫五十公尺遠的地方傳來喧鬧聲，原本在各處愜意觀覽的人群倏然躁動起來，開始四處探看。這時，有人嚷著：「打架啦！打架啦！」不一會兒，紅襯衫的弟弟彎著腰鑽過了人群，來到我們面前報告：「老師，他們又打起來了！中學的學生為了早上的事要報仇，又和師範學校的開戰了！請趕快過來！」話音未落，他再度鑽進人群之中，不知上哪裡去了。

豪豬抱怨這些小子又添亂了，做啥非得報仇不可哩……，就這麼嘟囔著穿過避逃的人群，拚了命地往前衝。他大概是覺得不能袖手旁觀，打算過去勸架吧。我當

㊾ 流傳於日本三河地區（現今的愛知縣）的喜慶歌舞表演。
㊿ 印度靈山的名稱，此處為頌讚曲裡的詞句。

然沒想過要溜，便隨著豪豬趕赴現場。到了一看，兩邊正打得不可開交，師範學校那邊有五、六十人，中學這邊約莫再多上三成。師範生穿著制服，中學生多數在典禮結束後就換回和服，因此是敵是我，一目了然。問題是現下雙方已經扭打成一團，實在不知道該怎麼把兩批人馬拉開來才好。豪豬面露為難地打量著眼前的混亂，看向我說道：「不出手不行了，等警察來就麻煩啦！衝進去把他們分開吧！」我沒回話，縱身撲向戰況最激烈的地方，聲嘶力竭地大喊：「住手！住手！這樣動粗有損學校的名聲！還不快住手！」並且試圖衝破敵我交戰的最前線，卻遲遲沒能成功。才勉強擠進兩、三公尺，便陷入了進退不得的窘境。一個身形較為高壯的師範生，就在我的面前和一個十五、六歲的中學生相互揪打。「住手！還不住手！」我抓住師範生的肩頭，硬要把他們兩人拉開來，這時不知道是誰，突然在下面絆了我一腳。我猝不及防，鬆開抓住師範生肩膀的手，摔到了地面。一個穿著堅硬皮鞋的傢伙踩住了我的背脊。我兩手雙膝猛力撐地，陡然翻身，踩著背脊的傢伙從我右側滾了下去，起身一瞧，前方五、六公尺處，豪豬那龐大的身軀被夾在一大群學生裡面，只管嚷著：「住手！住手！別打啦！別打啦！」我朝他大叫：「喂！沒用啊！」他大概是沒聽見，沒有回應。

咻的一聲，一顆石子飛了過來，正中我的面頰，於此同時，有個傢伙也從後面往我的背脊招呼了一棍。一個聲音大喊：「老師也好意思來揍人！打他啊！打他啊！」還有人嚷著：「老師有兩個！一個高的、一個矮的！拿石頭扔他們！」我罵道：「鄉下小子，胡說什麼！」並朝身旁那個師範生的腦袋給了一拳。石子又咻的一聲飛來，這回掠過我的平頭，飛去後面了。我看不見豪豬現在情況如何。事已至此，我決定豁出去了。我原是來勸架的，豈料挨了頓打，又遭了石擊，天底下哪有傻瓜受了這般欺侮還夾著尾巴逃的？你們當我是誰？別瞧我個子矮，本大爺可是從小打到大的打架高手！我氣得左右開弓，見人就揍，自己也被毆了好幾拳。沒多久便聽到人喊：「警察來啦！警察來啦！快逃啊！快逃啊！」片刻之前，我還像在爛泥塘裡游泳似的，動彈不得，一下子手腳皆可施展開來。定睛一看，敵我雙方全撤得精光了。沒想到這些鄉下人逃跑時身手倒是矯健，比庫羅帕特金[54]溜得還快。

---

[54] Aleksei Nikolaevich Kuropatkin（一八四八～一九二五），沙皇俄國時代的將軍，於日俄戰爭時擔任滿洲軍總司令。

我忖度著豪豬不知怎麼樣了。抬眼看去，他身上披著幾乎成了碎布條的家徽薄外褂，站在不遠處抹著鼻子。看來鼻梁吃了一拳，淌的血還真不少，那鼻子紅紅腫腫的，難看極了。我身上的是碎白紋飾的襯裡和服，儘管一身泥濘，倒沒像豪豬的外褂那麼破爛，不過面頰的陣陣刺痛讓人吃不消。豪豬說我流了不少血呢。

儘管來了十五、六名警察，由於學生們往反方向逃跑了，受逮的只有我和豪豬兩個而已。我們報上姓名，講了事情的原委，他們還是要我們去警察局。到了那裡，我們又對局長說了一遍，然後才回家去了。

全世界的謊話連篇第一名
就是報紙！

世の中に何が一番法螺を吹くと云って、
新聞ほどの法螺吹きはあるまい。

第十一章

翌日，一覺醒來，渾身上下痛楚難捱。大概是太久沒打架了，才會疼得這樣厲害吧。我躺在被窩裡琢磨著，往後再也不好拿擅長打架來說嘴了。這時，房東婆婆拿來《四國新聞》，擱到了我的枕畔。老實說，此時的我連看報都很吃力，但堂堂男子漢，豈可屈服於這點皮肉之傷，於是咬牙翻身趴在床上，揭開報紙的第二版一看，頓時心頭一凜——昨天打架那件事真的上報了！我訝異的並非刊出了打架的消息，而是記者是這樣報導的：「某位姓堀田的中學教師，夥同來自東京的某姓狂妄新任教師，唆使恭順學子聚眾滋事，兩教師甚至親赴現場指揮學生對師範生施暴。」接著還附記了這段論述：「本縣中學溫順善良之學風，向爲全國欽羨，然而我校光榮卻毀於二名膚淺小子手中，致使全市蒙羞，本報自當奮起究責。相信於本報採取相關行動之前，有關當局必定會對此二無賴給予應有的處分，令二人於教育界再無立足之地。」這部分還整段逐字標上重點記號，簡直像針灸似的。我從被窩裡跳起來，咒罵一句：「去吃大便！」說也奇怪，方才全身的關節還疼痛難當，現下跳起來後，簡直像什麼都沒發生過似的，輕快不少。

我把報紙揉成一團扔到院子去，還是餘怒未消，又特地撿拾起來丟進糞坑裡。這報導根本顛倒是非！全世界的謊話連篇第一名就是報紙！我想講的話，他們倒搶著惡人先告狀了。還有，什麼叫「來自東京的某姓狂妄新任教師」？天底下有人姓「某」的嗎？也不想想，我可是有名有姓的人物，假如想看家譜，可以讓你們向多田滿仲之後的歷代祖先一一膜拜個夠！

洗臉時，面頰一陣刺痛。我向房東婆婆借鏡子，她問我早上的報紙看了沒有，我說看完扔去糞坑裡了，想看自己去撿！她嚇了一跳，退出房間了。我對著鏡子一照，臉上和昨天一樣掛著彩。畢竟是重要的門面，如今不但傷了臉，還被冠上「某姓狂妄教師」的封號，真是愈想愈來氣；可今天若是請假，被說是上了報羞於見人，豈不有損名譽？因此我吃過飯，頭一個趕去了學校。結果陸續到校的教師，一個個看到我的臉就笑。有什麼好笑的！這張臉又不是你們這些傢伙給弄成這副德行的！不久之後，陪酒郎來了。他大抵想為歡送會那天的挨打報一箭之仇，於是冷嘲熱諷地嚷嚷著您立大功嘍，這可是光榮負傷呢。我要他少囉唆，舔他的畫筆去！他又說失敬失敬，不過想必很疼吧？我又大聲呵叱臉長我身上，疼不疼干他何事！他這才回到對面自己的座位上，仍舊盯著我的臉，和鄰座的歷史教師竊竊私語，邊說邊笑。

接著，豪豬也到了。他那鼻子腫成了青紫色，彷彿一捅就要流出膿來。或許他昨天逞了能，比我的臉還要傷得厲害。我和豪豬是並桌而坐的好同事，不幸座位又正對著辦公室門口，結果兩張花臉就這麼湊到一塊去了。其他教師只要閒了下來，總是往我們這邊瞧。他們雖然嘴上安慰這是無妄之災，可心裡肯定笑我們倆是傻瓜，否則不會那樣竊竊私語，噗嗤發笑。我一走進教室，學生立刻鼓掌歡迎，甚至有兩三個高喊「老師萬歲」。我不知道他們是真心叫好，還是有意調侃。我和豪豬成了全校注目的焦點，唯獨紅襯衫仍和往常一樣湊到我身邊，語帶歉疚地說道：「真是飛來橫禍哪，我深表同情。關於那篇報導，我和校長商量後，已經去函要求報社予以更正，不必擔心。都怪舍弟邀請堀田君前去，這才鬧出了這等事情，委實萬分抱歉。這件事我一定會盡心盡力處理，懇請多多包涵。」到了第三節課，校長走出了校長室，面露幾分憂心說道：「這回見報的不是什麼好事，只求不要鬧大了。」我可一點也沒把這事放在心上，如果要開除我，在被開除之前我先送上辭職書就是了；然而又覺得自己並未犯錯，若是主動辭職，反倒助長了報社顛倒是非的氣焰，不如要求報社刊出更正啟事，我繼續堅守崗位，這才合情合理。我本想回去時順道去報館交涉，既然校方已經去函抗議，那就算了。

看準了校長和教務主任的空檔時間，我和豪豬向他們把真相如實敘述了一遍。校長和教務主任都說他們也猜想是這麼回事，恐怕是報社對學校心懷宿怨，才會故意報導了這則新聞。紅襯衫在辦公室裡來回踱步，一面為我們辯護，尤其自責是他弟弟邀請了豪豬前往。眾人也紛紛跟著說這一切完全是報社不對，胡謅瞎扯，兩位老師實在是禍從天降。

回家的路上，豪豬提醒我紅襯衫居心叵測，若不小心就要上當。我回說，反正這人陰險狡詐，也不是一天兩天的事了。豪豬反問我還沒看出來嗎？昨天特地把我們誘去，害我們捲進群架之中，這正是他的計謀哩。原來如此，我的確沒有想到這一層，不禁佩服豪豬。他雖看似粗魯，卻比我有智慧多了。

「他把我們誘去打架，然後馬上慫恿報社寫出了那則報導，真是個惡毒小人！」

「連那篇報導也是紅襯衫搞的鬼？真教人難以想像。可是報社為什麼要對紅襯衫言聽計從呢？」

「當然聽他的！他不可能沒朋友待在報社嘛。」

「有朋友在裡面嗎？」

「就算沒有也不礙事。編些假話，說事情的經過是這樣的，記者立刻就寫。」

「太可惡了！若真是紅襯衫的詭計，我們很可能因為這起事件被開除呢。」

「要是處理得不好，恐怕真要中他的招。」

「既然如此，我明天就提辭呈，立即回東京去。這種鬼地方，留我也不幹！」

「就算你提了辭呈，紅襯衫也不痛不癢。」

「有道理。那要怎樣給他苦頭吃呢？」

「那種惡毒的小人，每下一著棋之前總是再三推敲，絕不留下任何把柄，要抓他的小辮子實在不容易。」

「那就棘手了。這麼說，我們的冤屈不就沒法平反，只能受窩囊氣了？倘所謂天道，是耶？非耶？[55]」

「別急，先觀望幾天再說。真要把我們逼到絕境，只好去溫泉小鎮來個當場活捉了。」

「你意思是以眼還眼，我們被打了，就打他報仇？」

「正是！我們自己想辦法，掐住他的七寸要害。」

「這麼做也好。不過我不善謀略，這事全得仰仗你了。若有需要的地方，我願意赴湯蹈火！」

談妥後，我和豪豬各自回去了。假如真如豪豬所推測的，這事是由紅襯衫在背後一手籌畫出來的，可就太惡毒了，誰也比不過他的心機智謀，只能訴諸於武力了。莫怪世上的戰爭，永無休兵之日。即便是個人，最終也不得不掄起拳頭，分出高下。

隔天，終於等來了望眼欲穿的報紙。打開一看，既沒找到更正啟事，也沒瞧見撤回報導的聲明。到學校催問貉子怎麼還沒刊出來，他說應該明天就會登了吧。等到第二天，報上出現了以六號小字刊載的撤回聲明，卻沒有修正報導內容的錯誤。

㊺語出《史記．伯夷列傳》。

我又去向校長抗議，他答稱校方已經束手無策了。身為一校之長，面孔像貉子，喜歡裝腔做派，沒想到根本毫無權勢，連要求一家刊載假新聞的報社道歉都辦不到。我氣得七竅生煙，告訴校長既然如此，由我單獨去和主編交涉。校長立刻攔阻，還像和尚講道似地開導我，說要是我去交涉，報社反而會寫更多報導來醜化校方，但凡報上寫的，無論是真是假，誰也奈何不了他們，吃了虧也只能摸摸鼻子作罷。假如真如校長所說，報紙這玩意不如早日摧毀，才是為民除害。今天聽貉子這番說明，我總算領教到：一旦被報社盯上了，就和被烏龜咬住不放一樣，永無掙脫之日。

三天後的一個下午，豪豬忿忿不平地來找我，說是時機終於到了，他決定執行那個計畫。「好，算我一份！」我當場和他結盟了。可是豪豬想了想，要我別蹚這渾水。我問他為什麼，他問我有沒有被校長找去要求辭職？我說沒有，順口反問他是否被喚去了。他說今天被叫到了校長室，說是迫於無奈，請他自行離開。

「這是什麼道理？貉子大概是自個兒的大肚腩拍得太用力，五臟六腑全錯位了吧[56]。你是和我一起去參加戰役大捷慶祝典禮、一起去看高知人的耍刀舞、一起去勸架的不是嗎？如果要求辭職，應該要我們兩個一同辭職，這才公平公正呀！為什麼鄉下學校這樣不明是非呢?真急死人嘍!」

「那一定是紅襯衫的餿主意啦!我和紅襯衫宿怨已深,已經勢不兩立,至於你,他覺得讓你繼續待下來也不會壞了他的事。」

「我和紅襯衫也一樣勢不兩立呀?他居然以為我沒辦法壞了他的事,這未免太狂妄了!」

「他覺得你太單純了,就算讓你待下來,隨便幾句話就能把你應付過去。」

「那就更可惡啦!誰要和他待在一塊!」

「再說,古賀前些時候走了,接任的人因故還沒來報到吧?萬一把我們兩個一起趕走,就沒人幫學生上課了,校方可安排不來。」

「這麼說,把我留下來只是用來暫時湊數的?我才不上當呢,混帳!」

翌日,我到學校找校長談判了。

---

56 日本傳統戲曲狂言的劇碼之一。某位獵人出門獵貉,有隻雌貉化身為比丘尼,向獵人開釋不可殺生,獵人聽道後心生悔改,決定離開,就在此時一旁的狗朝著這位假比丘尼狂吠,雌貉的真面目因而被識破,受騙的獵人要射殺牠,雌貉拍著圓滾滾的肚子佯稱懷了孩子,請求饒命,然後藉機脫逃了。

「為什麼不叫我辭職呢?」

「什麼?」貉子一時摸不著頭緒。

「你怎麼可以只叫堀田辭職,卻不叫我辭職呢?」

「這是基於校方的考量……」

「這種考量是不正確的。假如我不必辭職,堀田也沒有辭職的必要吧?」

「我不便對你解釋箇中原因。其實堀田君辭職是不得已的,而你卻沒有辭職的必要。」

果真是狡猾的貉子,泰然自若地說了一通,可細聽之下全是不著邊際。出於無奈,我只好說道:

「既然如此,我也提出辭呈吧。您或許以為在堀田辭職以後,我還能若無其事地留任,可惜這種薄情寡義的事,我可辦不到。」

「那怎麼成!堀田君離開,你也要離開,本校的數學課不就沒人教了?」

「就算沒人教也與我無關。」

「別說這種孩子話了,你多少總得為學校著想啊。況且才來短短一個月就辭職,會在履歷上留下汙點的，你自己也得好好琢磨琢磨吧。」

「我才不管什麼履歷，義氣比履歷來得重要！」

「說得極是！不錯，你講得句句在理，可也請替我想一想。你若是非辭職不可，就照你的意思吧，但至少等到後續教師到任了以後再走。總之，希望你回去再考慮一下。」

有什麼好考慮的，道理不是清清楚楚地擺在那裡嗎？看著貉子臉上一陣青一陣白的，挺可憐的，我於是嘴上答應回去考慮考慮，便退出了校長室。我沒和紅襯衫交談半句，反正已經決定要給他一頓教訓，到時候再給他顏色瞧瞧。

我把和貉子談判的過程講給豪豬聽，他說早就猜到會是這麼回事了。他讓我把辭職的事暫且擱下，必要時再提出也不遲，我就聽他的了。既然豪豬比較精明，我決定凡事都按他說的去做。

豪豬終於提出辭呈，向全校教職員辭行後，搬去碼頭邊的港屋了。不過他又悄悄回來，住進溫泉小鎮旅舍枡屋二樓面街的一個客房，在紙窗上戳了個洞，監視路上的動靜。知道這件事的，應該只有我一個吧。我們忖度紅襯衫只敢在夜裡偷偷來，因為天色方暗，恐怕會被學生和其他人等撞見，所以他至少得等到九點以後才敢露面。頭兩晚，我一直守到了十一點，始終不見紅襯衫的身影；第三天從九點監視到了十點半，還是沒有斬獲。再沒有比帶著一無所獲的空虛，於深夜時分才回到住處，更令人沮喪的了。就這麼過了四、五天，房東婆婆開始擔心起來，告誡我已經為人夫，夜裡還是別出門找樂子。真冤枉，我摸黑出門，可不是去尋歡享樂；這夜以繼日的辛勞，全是為了替天行道呀！無奈整整一個星期的舟車往返，天天都是空手而回，我開始耐不住性子了。我天生急躁，一頭熱時可以通宵達旦，但從來沒辦法持之以恆。即便這次是替天行道，終究本性難改，難以堅持下去。到了第六天，我已經提不起勁，第七天甚至盤算過不如在家休息。但去到旅舍一看，豪豬的毅力依舊，每天從傍晚到午夜十二點多，他的眼睛不曾離開過窗上的窺孔，一直盯著經過角屋那盞玻璃圓罩煤氣燈下的來往行人。我一進到房裡，他就告訴我今天有多少客人、住宿的有幾個、女客有幾個，計算詳盡，令我訝異。我若說看樣子不會來了，他便抱著胳膊嘆道應該會來才對，那模樣讓人同情。萬一紅襯衫一次也不來，豪豬替天行道的願望，這輩子就都無法實現了。

到了第八天，我七點左右就離開租處，先舒舒服地泡了個澡，再上街買了八只雞蛋。這是用來解決房東婆婆每天給甘薯吃的折磨。我在左右兩邊的袖筒裡各擺進四只蛋，那條慣用的紅毛巾照舊搭在肩上，就這麼袖著手，爬上了枡屋的樓梯。一拉開豪豬客房的紙門，只見他如韋馱天神般凶惡的面容綻放著光彩，衝著我連聲直呼：「有眉目啦！有眉目啦！」直到昨天夜裡，他一直悶悶不樂，幾近死氣沉沉，現下見他如此雀躍，我也跟著感到高興，不待問清狀況便隨聲附和：「太好了！太好了！」

「今晚約莫七點半，那個叫小鈴的藝伎進了角屋。」

「和紅襯衫一起嗎？」

「不是。」

「那還是沒戲唱。」

「兩個藝伎一塊來的。我看這下有譜了。」

「為什麼？」

「這還用問？那麼狡猾的傢伙，大抵是囑咐藝伎先來，自己再隨後偷溜進去。」

「有可能。已經九點了吧？」

「差不多九點十二分。」他從腰帶裡掏出鎳殼懷錶看著回答，「喂，把燈熄了！紙窗上映出兩顆光頭可不對勁，那老狐狸瞧見了肯定起疑。」

我呼的一聲吹滅了漆桌上的煤油燈。月亮還沒出來，房裡只餘映在窗上的星光隱隱。我和豪豬大氣不敢喘一個，全神灌注地緊貼著窗紙上的孔洞朝外探瞧。不久，掛鐘噹的一聲，九點半報時。

「喂，來不來啊?今晚他再不來，我可不幹啦！」

「只要錢還夠，我會一直守下去。」

「你還有多少錢？」

「到今天為止，付了八天房費，總共五圓六分錢。我每晚都結一次帳，以備隨時走人。」

「你想得真周到。旅舍的老闆不覺得奇怪嗎？」

「旅舍那邊倒無所謂，只是我一直提心吊膽的，不好受。」

「但是白天可以補眠吧？」

第十一章

「午覺是睡了，可是不能出門，悶壞了。」

「想替天行道還真辛苦。要是這樣還天網恢恢，疏而『有』漏，可就白費功夫嘍。」

「別擔心，今晚他來定了！……喂，快看快看！」他壓低了嗓門喊我，我不禁心頭一驚。只見一個戴黑帽的男士抬著頭經過了角屋的煤氣燈，再次隱入了漆黑之中。不是紅襯衫。我在心裡暗叫一聲可惜。時間流逝，帳房的掛鐘無情地敲鳴十點整的報時。今天晚上恐怕又等不到人了。

四周靜了下來，花街柳巷的太鼓聲格外清晰。月亮從溫泉小鎮的山後升起，把街面照得一片銀白。忽然間，樓下傳來了交談聲。我們不好探出窗外細看，沒法確認來者何人，卻可以從薄板斜齒木屐發出的聲響判斷出對方愈走愈近。我斜著看去，好不容易才望見兩條人影往這裡走來。

「眼中釘已經拔掉，總算可以放心了吧。」果真是陪酒郎的聲音！「誰讓他有勇無謀，哪裡鬥得過我呢。」這是紅襯衫的聲音！「那傢伙和另一個蠢貨還真像。說起那個蠢少爺，總愛打抱不平，其實還算討人喜歡哪。」「他先是拒絕加薪，後來又鬧辭職，肯定腦筋不正常。」聽到這裡，我恨不得開窗從二樓跳下去，把他們狠揍一頓，好不容易才忍住了這把怒火。這兩人嘻嘻哈哈，從煤氣燈下走進了角屋。

「看到沒？」

「看到沒？」

「來啦！」

「終於來啦！」

「總算可以放心了。」

「陪酒郎這混帳，竟敢叫我蠢少爺？」

「所謂的『眼中釘』說的是我，把我當成啥啦？」

我和豪豬必須在他們回去的路上埋伏襲擊，卻絲毫沒把握這兩人什麼時候會離開。豪豬下樓向旅舍的人打招呼，說是今天晚上可能有事得出去，請他們別鎖上大門。現在回想起來，這家旅舍居然答應了這種要求。按理來說，即便拿我們當小偷看，也不足為奇。

費了好一番工夫才把紅襯衫給盼來了，眼下還得等他出來，實在煎熬。這節骨眼總不能睡覺，可老貼著窗紙上的洞監看又實在累人，心裡七上八下的，這輩子我還沒度過這般痛苦的時光。我提議乾脆闖進角屋，當場來個活捉，但豪豬一番話打消了我的主意。他說，我們要是現在闖進去，人家會當我們是去鬧事的，還沒找著他們就會被抓住了；假如說明來意要求見面，不是佯稱裡頭沒這樣的客倌，就是把我們領去別的房間；縱使果真趁其不備，成功闖入，問題是裡面有幾十間客房，根本不曉得他們在哪一間，所以唯一的辦法就是守在這裡苦苦等候了。既然豪豬如此分析，我也只得忍下來，就這麼捱到了清晨五點。

一看到兩條人影從角屋走了出來，我和豪豬立刻尾隨在後。頭班火車還沒發車，他們勢必得走回城裡。走出溫泉小鎮後就是一片稻田，田裡有一條約莫百公尺長的路，左右兩旁均為杉樹夾道，過了這一段路，映入眼簾的是四散分布的茅屋，循著路走就會來到一處土堤，再繼續走下去就會回到城裡了。只要離開溫泉小鎮，在哪裡追上他們都無妨，不過我們認為在遠離家戶的杉樹林道那邊抓住他們為佳，於是遮遮掩掩地一路跟蹤。一走出鎮外，我們立刻發足狂奔，如疾風般追上了他們。兩傢伙吃了一驚，回過身探看是怎麼回事，恰好被我們一把抓住了肩頭斥令站住。陪酒郎一臉狼狽地想逃，我當即繞到前方攔住了去路。

「你貴為教務主任，為何去角屋過夜？」豪豬劈頭就問。

「請問有哪一條校規載明教務主任不得住宿於角屋嗎？」紅襯衫的措辭依然客氣，但面色有些發白了。

「你以前說過，學生的紀律應該由教師以身作則，就連到蕎麥麵館和糯米丸子鋪都有失身分。如此嚴謹的人，為什麼會和藝伎一起在旅舍過夜呢？」

這時，陪酒郎想趁機溜走，我立即擋在他面前大罵：「說，誰是蠢少爺？」「不不不，絕不是說你，這是天大的誤會！」他厚著臉皮狡辯。直到此時，我才發覺自己攥著兩邊的袖筒。因為在追蹤的過程中，生怕袖裡的雞蛋給碰碎了，雙手始終緊緊抓住衣袖。我猛然伸進袖筒掏出兩只蛋來，大喝一聲，朝陪酒郎的臉使勁扔了過去，雞蛋應聲而裂，蛋黃黏呼呼地從鼻尖淌了下去。陪酒郎嚇得魂飛魄散，「哇」的放聲大叫，一屁股跌坐在地，還直嚷著「饒命呀」。我買這雞蛋原是給自己吃的，擺進袖筒裡也不是為了拿來扔人的，只因一時氣急敗壞，想都沒想就丟出去了，直到目睹陪酒郎腿軟摔下，才發現這一招奏了效，於是一邊咆哮：「你這混帳！你這混帳！」一邊把剩餘的六只蛋全朝他扔了過去，把陪酒郎砸得滿臉黃糊。

在我拚命扔蛋的時候，豪豬和紅襯衫還在繼續激辯。

「你憑什麼說我帶藝伎上旅舍留宿？」

「昨天傍晚，我親眼看見那個和你相好的藝伎進了角屋，這樣還想耍賴嗎？」

「我何需狡辯？我是和吉川君兩人一同去住宿的。藝伎傍晚有沒有進去，根本與我無關！」

「閉嘴！」豪豬賞了紅襯衫一拳，打得他踉蹌了幾步。

「你太野蠻了，居然動粗！不講道理而訴諸暴力，簡直無法無天！」

「無法無天又怎樣！」豪豬說著又揮了一拳。「像你這種惡人，就得打了才懂得學乖！」語畢又是一頓痛毆。與此同時，我也對著陪酒郎飽以老拳。最後，他們兩個都蜷縮在樹根旁無法動彈，只能眼睛直眨，連逃都沒氣力了。

「夠了沒？不夠繼續揍！」我們又掄起了拳頭一陣猛打。紅襯衫嚷著：「夠了夠了！」我問陪酒郎：「你呢？夠了沒？」陪酒郎趕緊回答：「當然夠了！」

「你們兩個都是惡人，我們這是替天行道。經過這次教訓，往後可得安分過日。哪怕你們舌粲蓮花把自己的劣行顛倒黑白，遲早天理昭彰，報應不爽！」豪豬這番話講完，兩人都啞然以對。只怕這時他們連張開嘴都沒辦法了。

「我不躲不逃，今天五點以前都在碼頭邊的那家港屋，不服氣的話，找警察還是誰來都行！」我一聽，也學著說：「我同樣不躲不逃，和堀田在同一個地方等你們，想報警就去吧！」撂完了話，我們一同揚長而去。

我回到租處時還不到七點，一進房便開始整理行囊。房東婆婆訝異問我這是在做什麼咿？我告訴房東婆婆，這就回東京把夫人接來，並且結了租金。辦妥後，我立即搭火車去碼頭，再到港屋，豪豬正在二樓睡覺。我想趕快寫辭呈，卻不曉得該怎麼寫，於是只寫了「職因個人原因辭任並回返東京，請　鑒查。」然後就郵寄給校長了。

輪船將於傍晚六點啟航。豪豬和我都很疲累，倒在房裡呼呼大睡，醒來一看，已是下午兩點了。找來女侍問問警察來過沒，答案是沒有。「看來，紅襯衫和陪酒郎都沒敢報警呢！」我們兩個說得捧腹大笑。

當天晚上，我和豪豬相偕離開了這塊齷齪之地。隨著船隻遠離海岸，我們的心情愈發快活。駛抵神戶後，我們換搭直達火車前往東京，列車到達新橋車站的那一刻，頓感恍如隔世。我和豪豬當即告別了，迄今尚未有緣重逢。

對了，忘記說阿清的事了。

我回到東京後，連落腳處也沒去找，拎著皮革提包就一路飛奔到了她的跟前：「阿清，我回來啦！」「哎呀，少爺，太好了！您這麼快就回來了呀！」阿清激動得淚眼婆娑，我也歡天喜地說道：「我再也不去鄉下了，就在東京找個屋子和妳一起住！」

後來經人介紹，我在東京的鐵路公司謀得了技術員的差事，月薪二十五圓，房租六圓。這房子雖然沒有玄關，阿清仍是心滿意足。遺憾的是，今年二月她不幸染上肺炎死了。臨走的前一天，她向我央求：「少爺，我死了以後，求求您把我葬進您的家祠，我會在墓裡等著少爺以後來作伴。」因此，阿清就葬在小日向的養源寺裡。

日本近代文學泰斗
夏目漱石年表

細想起來，社會上絕大多數的人彷彿都在鼓勵學壞，
他們似乎相信，不學壞就無法在社會上成功。

出生

一八六七年一月五日，出生於牛込馬場下橫町（現東京都新宿區喜久井町）。為町長夏目小兵衛直克與妻子千枝所生下的末子。取名為夏目金之助。由於當時夏目家逐漸沒落，金之助出生後便被送到位於四谷的舊家具店寄養，不久後又回到老家。

1歲

一八六八年，過繼給四谷大宗寺門前（今新宿二町目）名主塩原昌之助作養子，改姓塩原。

3歲

一八七〇年，因種痘而引發皰瘡。

5歲

一八七二年，養父為金之助申報戶籍，並以金之助為塩原家長子。

6歲

一八七三年，因養父被任命為淺草諏訪町長，於是舉家搬至淺草諏訪町。

7歲

一八七四年，因養父母感情不和，金之助暫時返回夏目家居住。養父母離婚。同年秋天，進入淺草壽町戶田小學就讀。

9歲

一八七六年，夏天時與養母同時被夏目家收留，但戶籍仍設在塩原家。轉學至市谷柳町市谷小學。

10歲

一八七七年一月，養父遷居至下谷西町。五月，自市谷小學畢業。

11歲

一八七八年二月，在和友人島崎柳塢等所創辦的傳閱雜誌上發表〈正成論〉一文。十月，自神田猿樂町錦華小學畢業。進入神田一橋中學（東京府立一中）就讀。

14歲

一八八一年一月，生母千枝去世（五十四歲）。轉學至麴町二松學舍研讀漢學。一八八二年，十五歲，欲以文學為未來志向，不過遭到長兄大助勸阻。

16歲

一八八三年，秋天，為了報考大學預備科，進入成立學舍學習英語。

17歲

一八八四年，與橋本左五郎在小石川極樂水旁的新福寺居住。七月，養父擅自將金之助名下的房屋變賣，後因未交出該屋，被宣告需強制撤離。九月，錄取大學預備科。同年級的友人有中村是公、芳賀矢一等人。入學後不久便罹患盲腸炎。

18歲

一八八五年，與橋本左五郎、中村是公等十人於猿樂町末富屋定居，愛上賽艇競技，並擁有高超操控技術。

19歲

一八八六年七月，罹患腹膜炎無法參加考試，成績太差而留級。後與中村是公在本所的江東義塾任教，並遷居至義塾宿舍。

20歲

一八八七年，長兄大助、次兄榮之助先後於三月、六月去世。罹患急性砂眼，開始從自家通學。大學預備科也於此時改名為第一高等中學預備科。

21歲

一八八八年一月，復籍改回本姓夏目。七月，自第一高等中學預備科畢業。九月，進入同校英文科就讀。

22歲

一八八九年一月，結識正岡子規。當時的同學有山田美妙等人。五月，於子規《七草集》的評論文中，初次使用筆名「漱石」。八月，與同學至房總旅行。九月，執筆以漢詩記錄此行的遊記，完成《木屑錄》一書。

23歲

一八九〇年七月，自第一高等中學本科畢業。九月，進入東京帝國大學英文科就讀，專攻英國文學。獲文省部補助貸款。

24歲

一八九一年夏天，與中村是公、山川信次郎一起攀登富士山。七月，獲選為特等生。他所敬愛的嫂嫂（和三郎之妻）去世。十二月，受J・M・狄克生教授請托，將《方丈記》（鎌倉時代的隨筆）譯成英文。

25歲

一八九二年四月，因為徵兵的關係，將戶籍遷至北海道後志國岩內郡吹上町十七番地。五月，擔任東京專校講師。六月，撰寫《老子的哲學》（東洋哲學之論文）。七、八月間，至京都、堺、岡山、松山旅行，於岡山遭遇大水災。之後前往子規家鄉松山，結識高濱虛子。

26歲

一八九三年三月至六月，發表〈英國詩人對天地山川的觀念〉演講。七月，自東京帝國大學英文系畢業。繼而進入研究所就讀。同月，和菊池謙二郎、米山保三郎共同至日光地區旅遊。十月，進入東京高等師範學校擔任英文教師，年薪四百五十圓。

27歲

一八九四年春天，因診斷出初期肺結核，開始療養身體。八月至松島、湘南旅行。十月，遷居至小石川的法藏院。十二月，至鎌倉圓覺寺參禪。為神經衰弱所苦。

28歲

一八九五年，至四國愛媛縣松山東高校任教，後又前往熊本縣執教，一般認為這段經歷是他創作《少爺》的靈感來源。

33歲

一九〇〇年五月，被文省部選為英國留學生，開始了在英國倫敦大學學院為期兩年的留學生活。

35歲

一九〇二年十二月五日，啟程歸國，結束留學生活。歸國後，在東京帝大講授英文，並開始文學創作。

38歲

一九〇五年，《我是貓》開始連載。

39歲

一九〇六年三月，《少爺》開始連載，七月《我是貓》完稿。

40歲

一九〇七年，《少爺》、《虞美人草》出版。

42歲

一九〇九年，《三四郎》出版。

49歲

一九一六年，因胃潰瘍去世。夏目死後，在東京帝國大學醫學部執行解剖。腦與胃則捐贈給帝國大學，腦的重量為一千四百二十五克，較平均稍重。

廣　告　回　函
板橋郵政管理局登記證
板橋廣字第143號

郵資已付　免貼郵票

231
新北市新店區民權路108-2號9樓
野人文化股份有限公司　收

野人

請沿線撕下對折寄回

野人

書名：少爺　書號：ONGW0101

好野人部落格
http://yeren.pixnet.net/blog

野人文化粉絲專頁
http://www.facebook.com/yerenpublish

野人

野人文化
讀者回函卡

書名：少爺　書號：ONGW0101

姓　名　　□女　□男　生日

地　址

電　話　公　宅　手機

Email

學　歷　□國中（含以下）□高中職　□大專　□研究所以上

職　業　□生產／製造　□金融／商業　□傳播／廣告　□軍警／公務員
□教育／文化　□旅遊／運輸　□醫療／保健　□仲介／服務
□學生　□自由／家管　□其他

◆你從何處知道此書？
□書店　□書訊　□書評　□報紙　□廣播　□電視　□網路
□廣告DM　□親友介紹　□其他

◆你通常以何種方式購書？
□逛書店　□網路　□郵購　□劃撥　□信用卡傳真　□其他

◆你的閱讀習慣：
□百科　□生態　□文學　□藝術　□社會科學　□地理地圖
□民俗采風　□休閒生活　□圖鑑　□歷史　□建築　□傳記
□自然科學　□戲劇舞蹈　□宗教哲學　□其他

◆你對本書的評價：（請填代號，1. 非常滿意　2. 滿意　3. 尚可　4. 待改進）
書名_____封面設計_____版面編排_____印刷_____內容_____
整體評價_____

◆你對本書的建議：